KB121143

로크미디어가
유혹하는
재미있는 세상
ROK
MEDIA
로크미디어

이것이 삶이다

이것이 법이다 36

2018년 5월 17일 초판 1쇄 인쇄
2018년 5월 23일 초판 1쇄 발행

지은이 자카예프
발행인 이종주

기획 팀 이기헌 왕소현 박경무 이승제
책임 편집 최전경

발행처 (주)로크미디어
출판등록 2003년 3월 24일
주소 서울시 마포구 성암로 330 DMC첨단산업센터 3층 314호
Tel (02)3273-5135 **Fax** (02)3273-5134
홈페이지 rokmedia.com **E-mail** rokmedia@empas.com

값 8,000원

ISBN 979-11-294-0819-8 (36권)
ISBN 979-11-255-9575-5 04810 (세트)

자카예프 장편소설

이 소설은 픽션입니다.
등장하는 인물 및 지명 등은 현실와 연관이 없습니다.
또한 소설 내에 나오는 법이나 법리 해석의 경우에도 대중문학의 극적 전개를 위하여 일부분 과장되거나 변형된 것이 존재하니 실제 법과 혼동하지 않으시길 바랍니다.

CONTENTS

여왕벌 게임

사람들은 고문이라고 하면 사지를 틀거나 손가락 아래로 바늘을 넣거나 손톱을 뽑거나 하는 일제시대의 육체적인 고문을 생각한다.

그러나 실제로 그러한 고문보다 더 지독한 게 바로 심리적인 고문이다.

"흠……."

송정한은 노형진이 가지고 온 서류를 보면서 심각한 표정이 되었다.

"이게 실제로 일어나는 일이라고?"

"네. 그래서 저희가 이번 사건을 담당하려고 합니다."

"이거…… 애매하군."

"뭐가 말입니까?"

"답이 없어 보이는데?"

처벌에도 강도라는 것이 있다.

피해자는 언제나 억울하지만, 나라에서는 정해진 강도 내에서 가해자를 처벌하는 것이 규칙이다.

피해자가 억울해한다고 성추행범을 사형에 처할 수는 없는 법이다.

형벌은 낮추는 건 쉽지만 높이는 건 쉽지 않다.

문제는, 이런 사건은 그러한 강도가 문제가 된다는 것.

"이 사건은, 개개인은 강도가 낮아. 그런데 그게 총체적으로 묶여서 결국은 심각한 문제가 되는군. 그런데 우리나라에는 이러한 괴롭힘에 대한 규정이 없잖아?"

"그러니까 제가 어떻게 해서든 해 보려고 하는 겁니다."

"흠……."

법이라는 것은 두 가지 종류가 있다.

대륙법계라는 방식과 영미법계라는 방식이다.

대륙법계에서는 정해진 내부에서 판단하고, 영미법계에서는 경험과 결과, 원칙에 따라서 판단한다. 그런데 그 차이는 무척이나 크다.

"한국은 대륙법계야. 이런 식은 도무지 대응이 안 돼."

"그렇지요."

이번 사건 같은 경우, 대륙법계에는 괴롭힘이라는 것에 대한 처벌 규정이 없다. 소소한 모욕, 재물 손괴 등에는 해당될 지 모르지만 강력한 처벌은 내릴 수가 없다.

그렇기 때문에 이러한 고정된 방식이 아닌 새로운 방식의 범죄가 발생하면 대응이 쉽지 않다.

그에 반해 영미법계는 경험에 기반하여 판단한다.

가령 이런 은따 사건이 터진다면 영미법계에서는 궁극적으로 정신적 상해를 목적으로 한 것이므로 상해죄나 관련 법률을 적용해서 처벌이 가능하다.

물론 각각 다 장단점이 있다.

대륙법계는 판사가 마음대로 판결할 수 있는 가능성이 줄어드는 반면 새로운 범죄에 대해서는 반응이 느려지고, 영미법계는 신범죄에 대한 대응은 빠른 편이나 판사의 권력이 너무 강해진다.

"괴롭힘이나 왕따에 대해서는 법이 없으니 이거……."

법이 없으면 처벌하지 못한다.

그게 대륙법계의 규칙이다.

"일단 고발은 해 보지 그러나?"

"신청서에 따르면 괴롭힘을 고발하기는 했답니다. 하지만 대부분의 경우 방법이 없었다네요."

"그렇겠지."

옷을 몰래 가지고 가서 개똥을 묻혀 오거나 침을 뱉어서 침 범벅을 해 온 걸 신고해도 경찰은 수사를 하지 않는다.

설사 한다고 해도 대상 물체가 사용 불가능한 정도로 파손된 것도 아닌 데다가 가해자가 학생인 이상 100% 훈방이다.

"그나마 제일 경찰에 신고할 만한 것이 교과서 같은 것을 찢어 버리는 거군요."

의뢰인의 말에 따르면 잠깐 나갔다 오면 자신의 교과서나 공책 등이 찢어진 채로 쓰레기통에 들어가 있다고 한다.

"하지만 그것도 고발해 봤자지."

송정한은 씁쓸하게 미소 지었다.

그런 사소한 걸로 수사할 경찰이 아니다.

설사 한다고 해도, 기껏해야 주변 학생들에게 누가 했는지 봤느냐고 물어보는 게 끝일 것이다.

'그리고 그게 답이 나올 리 없지.'

한 명에게 괴롭힘을 가한다는 것 자체가 그 반이나 집단이 이미 누군가의 손아귀 안에 들어갔다는 뜻이다.

그런데 만일 누군가가 봤다고 나서서 말을 한다면 그다음 대상은 자신이 된다.

애초에 처벌이라고 해 봐야 훈방인 걸 학생들도 다 안다.

그다음 타깃이 자신이 될 것이 뻔한데 누가 그걸 봤다고 증언하겠는가?

"그런 걸 여왕벌이라고 해요."

"여왕벌?"

"네, 여자들 특유의 문화라고 해야 하나? 아니, 진짜 문화

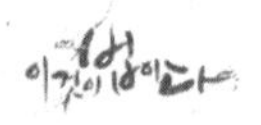

라기보다는, 일진들의 행동이죠. 남자와는 다르니까요.”
“흠.”
남자들은 자신의 강함을 드러내기 위해 괴롭히기는 하지만 주요 방식은 주먹질이나 폭력이다.
“하지만 여자들은 직접적인 폭력을 선호하는 경우는 드물죠.”
“그건 그렇지.”
송정한은 이해가 간다는 듯 고개를 끄덕거렸다.
여성의 경우 똑같이 살인을 한다고 해도 독극물 같은 것을 더 선호한다는 통계는 이미 널리 알려진 사실이다.
“그래서 그들은 직접적인 공격을 하기보다는 은따를 통해 자신들의 세력을 과시하는 경향이 있어요.”
자신들의 세력을 만들고 거기에 들지 못한 자들을 집요하게 괴롭힘으로써 그들을 정신적으로 붕괴시키는 것이다.
“일종의 경고군.”
“네.”
자신과 자신의 세력에게 저항하면 똑같이 하겠다는 경고.
“일반적으로 그런 여자 한 명이 있으면 동조하는 여러 명이 붙지요.”
“그러면 그 여자가 여왕벌?”
“네.”
여왕벌이라 칭해지는 존재는 한 명을 괴롭힘으로써 자신의 힘을 과시하는 것이다.

"남자들은 잘 모르죠."

"그런 일이 자주 있나?"

"자주 있는 건 아니에요. 모든 남자들이 일진 노릇을 하는 건 아니듯이, 모든 여자들이 그런 미친 짓을 하는 건 아니니까요."

여왕벌 노릇을 하는 여자들은 대부분 극단적인 성향을 가지고 있는, 극도로 이기적인 사람들이다.

그들은 남을 괴롭히는 것으로 자신의 존재 가치를 증명하고자 하는 사람들이기에, 그 대상이 되지 않기 위해서는 그들의 눈치를 보는 수밖에 없다.

"하긴…… 여자들이 파벌을 나누는 건…… 좀 심하기는 하지."

"뭐, 나도 여자지만 부정은 안 해."

손채림은 어깨를 으쓱하면서 말했다.

여자들 세계에서 파벌을 나눠서 싸우는 건 남자들이 정치놀음 하는 것만큼이나 치열하다.

"하지만 대부분의 경우 그다지 심해지지는 않아. 대부분의 조직에는 남자라는 존재들이 끼어 있거든."

노형진은 고개를 끄덕거렸다.

대부분의 조직에 상대적으로 남자가 더 숫자가 많은 것이 사실이다. 그리고 그들은 그러한 내분을 그다지 좋아하지 않는다.

물론 정치적으로 줄을 써서 싸우는 건 남자도 마찬가지이지만, 그게 자신들의 개인적 영역까지 들어오는 건 극도로 자제한다.

"여자들의 싸움은 개인적인 영역까지 침범하니까."

그래서 남자들은 여자들의 그런 싸움을 좋아하지 않는다.

특히 업무와 관련해서 지속적으로 소통하고 어울려야 하는 직장 등에서는, 내부에 그런 분란을 조장하는 여자가 있으면 상급자가 해직시키기도 하는 등 극단적인 선택을 하기도 한다. 조직을 지키기 위해서 말이다.

"하지만 학교는 그게 안 되지."

학교는 의무교육인지라 해직 등이 불가능하다.

퇴학과 같은 극단적 조치가 있기는 하지만 그렇게 조치하기 위해서는 대상이 무척이나 극단적인 행동을 해야 한다.

학교라는 공간은 일종의 치외법권이나 마찬가지이니까.

"문제는, 은따는 그러한 극단적인 행동이 아니라는 거야."

물론 그건 가해자의 입장에서만 그런 거다.

피해자의 입장에서는 말 그대로 피가 마르고, 죽고 싶은 기분이 든다.

"은따는 단순히 그 애만 괴롭히는 게 아니야. 그 애와 관련이 있는 모든 애들을 괴롭히지."

"그런가?"

"그래. 단순히 친하다 안 친하다의 문제가 아니라는 거야."

가령 은따의 대상이 된 아이가 있다면 그 아이와 친한 아이한테도 가혹 행위가 일어난다. 당연히 힘이 약한 여자아이는 그러한 행위가 두려워서 피해자와 거리를 둔다.

"그런데 여왕벌이 요구하는 건 그 아이와 거리를 두는 정도가 아니야."

여왕벌이 요구하는 것은 단순히 관계를 끊는 정도가 아니라 자신의 파벌에 들어와서 상대방을 괴롭히는 것이다.

"그리고 그런 경우에 피해자가 받는 충격은 어마어마하지."

친구라고 생각했던 사람이 자신을 괴롭히기 시작하면 피해자는 큰 충격을 받는다.

그리고 은따를 당하던 아이들이 급속도로 무너지는 것이 바로 이 시점이다.

"고발해 봐야 소용없고, 선생님들이 적극적으로 나서 주지도 않아. 부모에게 말하고 싶어도, 여왕벌쯤 되는 애들은 괴롭혀도 되는 애들을 귀신같이 알거든."

괴롭혔는데 문제가 일어날 만한 대상, 즉 부모가 부자라거나 힘이 있는 아이들은 건드리지 않는다.

애초에 그럴 일도 없는 것이, 그런 집안의 자식들이 보통 여왕벌이 된다.

"결국 괴롭힘당하는 애들은 힘이 없거나 자신들을 지켜 줄 사람이 없는 아이들이야."

"그건 왕따랑 비슷하기는 한데."

노형진은 그렇게 말하면서 턱을 쓰다듬었다.

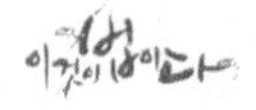

"무척이나 자세하게 안다?"

"내가 중학교 다닐 때 있었던 일이거든."

"중학교 때?"

"응, 중 3 때."

그녀가 있던 학교에서 은따 사건이 터졌고, 결국에 그 아이는 자살로 인생을 마감했다.

"후우, 우리가 왕따만 생각했지, 은따는 생각을 못 했군."

송정한도 그런 부분을 생각하지 못해서 그런지 약간은 당혹스러운 얼굴이었다.

"그래서 은따, 즉 은근한 왕따라고 하는 거예요. 증거도 안 남겨서 처벌도 안 받지만, 피해자는 점차 자살로 몰리는 거죠."

"흠……."

"더 무서운 건, 그렇게 자살한다고 해도 바뀌는 게 없다는 거예요."

은따를 당하던 아이가 죽으면 가해자인 여왕벌 일파는 반성을 하는 게 아니라 다른 피해자를 찾아 나선다. 한 명을 괴롭히고 그 동질감을 느껴야 조직이 유지된다고 생각하기 때문이다.

"다행히 다음 피해자가 나오기 전에 3학년이 끝났지."

"그리고 끝?"

"그 후에 그 여왕벌이던 애가 전학한 고등학교에서 세 명이 자살했다는 소식이 들렸어."

"헐."

그렇다면 각 학년당 한 명씩이라는 소리다.

"그래서?"

"그래서는 뭐가 그래서야. 그 후에 끝이지. 그래서 은따가 무섭다니까. 학교에서 그걸 자랑스럽게 떠들 리가 없잖아?"

"처벌받거나 한 건?"

"있으면 내가 이 사건을 가지고 왔겠어?"

"음……."

손채림은 그 후에 그 가해자의 소식을 들었다고 했다.

들리는 소문에 의하면 가해자는 모 대학에 가서 즐거운 캠퍼스 라이프를 즐기면서 놀다가 자신의 아버지의 회사에서 일하고 있다고 한다.

"은따가 그렇게 심각한가?"

"심각하죠. 새론이 왕따에 대한 사건을 많이 다루기는 했지만 은따는 처음일걸요."

"그건 그렇지."

노형진은 왕따에 대한 대응책을 새론에 전수해 줬고, 새론은 왕따 가해자에 대해서는 무관용으로 대응했다.

그래서 전국에 있는 수많은 왕따 피해자들이 새론을 찾아왔고 한 해 백 명이 넘는 폭력 사범들이 새론 때문에 잡혀 들어가고 있다.

"그런데 증거가 없는 거야?"

"없지."

"문자나 그런 거 없어?"

"그런 건 진짜 하수야."

"하수라고?"

"그래."

은따를 시키는 애들은 아주 집요하고 계획적이다. 증거가 될 수 있는 말은 절대로 남기지 않는다.

"'너 죽을래?'나 '뭐 가지고 와라.' 같은 말은 안 해. 누가 봐도 판단하기 애매한 단어를 사용하지."

어디로 나오라고 한다거나 뭐 필요한데 빌려 달라는 식으로 말이다.

"그래서 선생들은 은따를 모르는 거야."

"모르는 게 아니라 모른 척하는 거겠지."

"어느 쪽이든 선생들이 낄 수가 없는 게 현실이지."

폭력적 왕따의 경우 증거가 남는다. 하지만 이런 은따는 그러한 증거도 없어서, 도리어 한쪽 말만 듣고 선생님이 끼어들었다가는 학생을 괴롭힌다는 민원을 받기 쉬운 상황이 된다.

"대부분의 여왕벌은 있는 집 자식이거든."

주먹 하나로 통제되는 남자들과 다르게 여자들의 권력관계는 복잡하다. 그러니 집안의 능력이나 파워도 상당한 영향력을 가진다.

"일단은 내가 한번 피해자를 만나 봐야겠네."

노형진의 말에 손채림은 바로 전화기를 들었다.

"바로 약속을 잡을까?"

"안녕. 난 손채림이야. 이쪽은 노형진 변호사고."

손채림은 잔뜩 주눅이 든 아이에게 먼저 인사를 건넸다. 남자보다는 여자가 좀 더 익숙할 거란 판단에서였다.

"안녕."

"안녕하세요오……."

노형진은 말을 하면서도 기를 펴지 못하는 아이를 바라보다가 옆에 있는 아이를 바라보았다.

"네가 고발한 아이니?"

"고발은 실패했고, 평등재단에 도움을 요청한 건 맞아요."

히죽 웃는 여자아이.

기가 눌린 아이와 비슷한 또래로 보이는 아이였다.

피해자가 요청한 줄 알았더니 정작 신청한 사람은 다른 사람이었던 것이다.

"그래?"

"네."

'하긴…… 심리 상태를 생각해 보면 당연한 건가?'

그러한 심리적 고문으로 인해 완전히 망가진 피해자가 외부에 도움을 요청하는 건 쉬운 일이 아니다.

대표적인 예가 매 맞는 아내의 경우다.

주변에 도움을 청할 수 있는 시설이나 전화번호는 많지만 정작 도움을 요청하는 사람은 드물다. 심리적으로 완전히 제압되어 있기 때문이다.

"넌 그럼 관계가 어떻게 되니?"

"친구예요."

"친구?"

"네."

"그런데 네가 나서 준 거야?"

"그 썅년들 꼴이 보기 싫어서요. 아, 죄송해요."

"아니다. 편한 대로 말해."

욕을 하다가 움찔하는 소녀에게 노형진은 편하게 말하라면서 기회를 줬다.

"그년들이 제 친구를 괴롭혀서요. 저도 나름 싸우기는 하는데, 안 들어 처먹어서요."

"넌 안 당했어?"

"그럴 리가요. 당연히 당했지요."

히죽 웃는 소녀를 보면서 노형진은 참 대단하다는 생각을 했다. 그렇게 심리적 고문을 당하고도 웃는 걸 보니 말이다.

"그런데 넌 괜찮아?"

"뭐, 이골이 난 거죠."

"이골?"

"네."

알고 보니 소녀는 보육원, 옛날 말로는 고아원에 있는 처지라고 한다.

그에 반해 당하고 있는 아이는 홀어머니 아래에서 크고 있고 말이다.

'아…….'

이야기를 듣다 보니 상황을 어느 정도 알 것 같았다.

어려서부터 보육원에서 자라면서 차별을 받은 아이인 윤보라는 그러한 은따나 괴롭힘에 저항력이 강했다.

어차피 부모도 없고, 자신은 보육원에서 나가면 그만이라는 생각에 누군가가 자신을 괴롭히면 돌을 들고 덤볐을 정도로 강단이 있다고 한다.

"그리고 패거리도 있구요. 제가 있는 보육원은 큰 편이거든요."

"그렇구나."

당연히 같은 학교에 다니는 같은 보육원 아이들이 있으니 자기들을 지키기 위해 뭉칠 수도 있었다.

"하지만 미래는 그게 아니에요."

황미래는 보육원 출신도, 이 지역 출신도 아니다. 원래 다른 지역에 있다가 아버지가 돌아가신 후 이쪽으로 이사 온 상황이었다.

'이런…… 전형적인 타입이군.'

노형진은 이 아이들을 만나러 오기 전에 은따에 대해 공부했기에 대충 어떤 아이들이 은따의 대상이 되기 쉬운지 알 수 있었다.

일단 손채림의 말대로 보호받기 쉽지 않으면서도 마음이 약하고 착한 아이들이 주요 대상이 된다.

특히 외지에서 와서 친구가 없는 경우 그 대상이 되기 쉬운데, 집안이 큰일을 겪은 후에는 여러모로 정신적으로 지친 상황이기 때문에 약해져서 은따의 목표가 되기 쉽다는 것이다.

'아버지가 돌아가셨다라…….'

아버지가 돌아가셨는데 이사를 했다는 것은 경제적 사정이 좋지 않았다는 뜻이기도 하다.

그리고 아버지가 없다면 어머니가 나가서 돈을 벌어야 하니 제대로 보호받기도 힘들다.

더군다나 딱 봐도 마음이 약해서 말을 못 하는 아이 같으니 어머니에게 은따를 당한다고 말하지도 못할 것이다.

겁이 나서가 아니라, 자신이 그 말을 하면 부모의 마음이 찢어질 걸 알기 때문이다.

'차라리 말을 해서 해결할 수 있으면 좋겠지만…….'

문제는 해결 방법이 없다는 것.

변호사인 자신들조차도 은따에 대해서는 마땅한 대응 방법을 찾지 못하는 상황인데 고작 중학생이 알 리 없다.

"그나저나 참 장하네. 친구도 도와주고."

손채림은 윤보라를 칭찬했다.

자신이 봤기 때문에, 이 상황에서 친구 한 명이 얼마나 위안이 되는지 역시 잘 알기 때문이다.

"그나저나 주변에 도움은 안 청해 봤니?"

"고발은 해 봤죠. 그런데 경찰이 별거 아닌 거 가지고 귀찮게 하지 말래요."

"흠……."

사건이 작은 거다 보니 경찰도 관심을 안 가지는 것이다.

"선생님들은 그냥 조금만 참으라는 소리만 하구요."

"안 도와주고?"

"자기는 방법이 없다면서요. 그런데 솔직히, 아직 1년도 넘게 남았는데 어떻게 참아요."

"반이 바뀌면 못 하지 않아?"

"어차피 상관없어요."

수업 시간에는 어차피 선생님이 있으니 못 한다. 결국 일이 벌어지는 것은 쉬는 시간이나 방과 후다.

"어차피 왕따도 반이 갈라진다고 해서 멈추는 건 아니잖아?"

손채림도 상황이 이해가 간다는 듯 노형진에게 말을 건넸다.

"그건 그렇지."

10분이면 짧은 시간이다.

하지만 왕따 사건을 숱하게 하면서 노형진은 그 짧은 시간 안에 아이를 괴롭히는 방법이 놀랄 정도로 많다는 것을 알았다.

더군다나 그 쉬는 시간 말고도 점심시간이라는 긴 시간이 있기 때문에, 괴롭히려고 마음먹으면 진짜 사람 피를 말릴 수 있는 게 학교 폭력이었다.

"하여간 그래서 도무지 방법이 없어서 그 미친년을 확 패버릴까 하는 생각도 했는데……."

"했는데?"

"솔직히 그렇게까지 하면 우리 보육원이 망할 판국이라……."

"응?"

"그년 아빠가 행자부 차관인가 그래요."

"끄응……."

보육원이 크고 학교에 다니는 아이들이 많다면 나름 세력이 있을 것이다. 그리고 그 세력이 나서서 싸우려고 한다면 못 할 것도 없다.

"행자부 차관이라……."

문제는, 보육원은 국가의 지원을 받아 운영되는 곳이라는 것이다.

"행자부 차관이면 우리 보육원 후원을 끊어 버릴 수도 있거든요."

노형진은 무척이나 입안이 썼다.

아직은 그런 걸 몰라야 하는 나이인 중학교 2학년 여학생이다. 그런데 그걸 다 알고 정치적 입장 때문에 바른 일조차도 하지 못한다니.

'나라가 미쳐 가는구먼.'

현실이 참 씁쓸할 뿐이었다.

"저도 최대한 지킨다고 하는데, 제가 할 수 있는 게 한계가 있어서요. 친구들은 다 다른 반이라……."

"그래?"

"네."

더군다나 황미래는 윤보라의 친구이지, 보육원생들의 친구는 아니다. 물론 윤보라가 도와 달라고 하면 다들 도와줄 건 확실하지만…….

'그리고 보육원의 지원금이 끊어지겠지.'

그걸 알기 때문에 윤보라는 친구들에게 도와 달라는 말을 하지 못했던 것이다.

"그런데 평등재단에 대해서는 어떻게 안 거지?"

"재단 분이 저희 보육원에 오셨었어요. 법적인 도움이 필요하면 자기들이 도와줄 테니까 언제든지 찾아오라고 했구요."

"그랬구나."

평등재단은 법의 사각지대에서 보호받지 못하는 사람들의 소송비를 지원하기 위해 만들어진 곳이다. 그리고 그 대상에는 분명히 보육원도 있을 것이다.

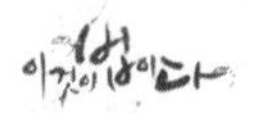

"그런데 미래를 도와줄 수 있어요?"

"일단은, 기존에 있던 방식으로는 힘들 것 같구나."

"힘들다고요?"

"그래. 여러모로 알아보고 있지만 대응하기가 애매해."

하다못해 성인이라도 되면 사회적으로 매장을 노려 볼 만도 하다. 하지만 성인도 아니다.

'대한민국에서는 미성년자는 불법에 대한 무슨 마법의 주문이라니까.'

어리다는 이유 하나만으로 제대로 처벌도 내리지 못하는 상황.

"안에다가 카메라를 단다거나 하는 건 안 되는 거예요?"

"일단 학교는 엄밀하게 말하면 학업이라는 공공의 목적으로 만들어진 공간이기 때문에 무리란다. 학교의 동의를 얻어야 하지."

그러나 학교에서 동의를 해 줄 리 없다.

더군다나 가해자의 부모가 행자부 차관이라면, 그런 요청을 하는 순간 바로 그의 귀에 들어갈 게 뻔했다.

"그러면 몰래 들고 간다거나?"

"그것도 방법이기는 하지. 하지만……."

노형진은 잔뜩 주눅이 들어서 조용히 있는 미래를 바라보았다.

"미래야, 한번 해 볼 수 있겠니?"

"네?"

갑자기 자신에게 질문이 날아오자 당황한 미래는 노형진을 보면서 되물었다.

"녹음기나 카메라 같은 거, 네가 가지고 가서 몰래 찍으면 어느 정도는 가능할 것 같은데. 가능하겠어?"

"그, 그게⋯⋯ 죄송해요⋯⋯. 못 하겠어요."

"그렇겠지."

정신적으로 완전히 피폐한 상황에서 그녀가 그런 것을 할 수 있을 리 없다.

스파이 노릇이라는 것도 어느 정도 정신이 탄탄해야 안 걸리는 거지, 이런 식으로 완전히 주눅 들어 있다면 할 수가 없다.

"보라가 하는 건 어때?"

손채림은 보라를 보면서 물었다.

보라처럼 강한 아이라면 가능할지도 모른다는 생각이 들었기 때문이다.

하지만 보라는 고개를 흔들었다.

"그 녀석들 저 있는 데서는 안 그래요. 저한테 몇 번 당하더니, 저 모르게 하더라구요."

"그래?"

"네."

보라라고 해도 미래를 스물네 시간 따라다닐 수는 없다. 그리고 가해자들이 노리는 시간은 보라가 없는 그 시점이다.

"뭔 여자애들이 이렇게 독한 건지."

"원래 여자들이 독해지려면 더 독해. 여자가 한을 품으면 오뉴월에도 서리가 내린다는 말 못 들어 봤어?"

"그거야 알지. 그런데 이건 불법이잖아."

그 말에 나오는 한은 복수심이기라도 하지, 이건 그냥 자기가 심심해서 남을 괴롭히는 것이다. 엄연히 다르다.

"일단은…… 건수를 잡아야 하는데……."

어쭙잖은 건수로는 안 된다.

상대방이 행자부 차관급의 자녀라면 어쭙잖은 걸로 넣어 봐야 결국은 훈방으로 끝날 것이 뻔하다.

'왕따는 확실하게 처리해야 한다.'

새론에서 왕따 사건을 다루기 시작했을 때 몇몇 초년생 변호사들이 만만하게 보고 덤볐다가 결국은 어찌어찌해서 가해자에게 선처를 한 적이 있다.

그때 피해자에게 돌아온 것은 학교로 돌아온 가해자들의 엄청난 보복이었다.

모욕은 물론, 보복 폭행까지 서슴지 않았던 것이다.

"뭐야? 그럼 그냥 둬요?"

"그럴 수는 없지. 내가 어떻게 해서든 방법을 찾을 테니 걱정하지 말거라. 하지만 일단은 보호하기 위해서는 부모님이 아셔야 하는데……."

"안 돼요!"

질색하는 황미래.

"엄마가…… 엄마가……."

순식간에 그렁그렁해진 눈으로 눈물을 뚝뚝 흘리면서 황미래는 말을 제대로 잇지 못했다.

"나도 네가 왜 그러는지 안단다."

자식이 그렇게 고통받는 걸 알면 일반적으로 부모는 스스로를 책망한다. 자식을 지키지 못했다는 사실에 절망하는 것이다.

그래서 피해자들은 부모에게 아무것도 말하지 못한다.

"하지만 이건 너만의 문제가 아니란다. 상처를 치료하기 위해서는 소독해야 하는 것처럼, 문제를 해결하기 위해서는 때로는 고통을 감수해야 해."

당정 법적으로는 이 아이들은 미성년자다.

평등재단에 도움을 요청하는 것은 할 수 있지만 정식으로 변호사를 선임하는 것은 할 수가 없다.

"더군다나 미래, 넌 심리 치료가 필요한 상황이야."

단순히 법적인 문제만 있는 것은 아니다.

서로 치고받고 싸운 것으로도 사람은 심리적 스트레스를 받는다. 그런데 오랜 시간 심리적 고문을 당한 사람의 정신이 멀쩡할 리 없다.

심하게 주눅이 들고 고개도 못 드는 것을 보면, 심리적으로 무척이나 상처가 크다는 뜻이다.

"잘못하면 트라우마가 생겨."

그래서 정상적인 생활도 불가능해질 수도 있다.

실제로 학교 폭력의 가장 큰 문제점이 바로 트라우마로 인한 피해다. 정작 가해자들은 멀쩡하게 살아가는데 피해자들은 제대로 된 삶을 살아가는 게 불가능해지기 때문이다.

"결국 정신과 치료를 받기 위해서는 부모님이 알아야 해."

"흑흑흑."

"비밀로 해 주면 안 돼요?"

윤보라는 황미래가 불쌍한지 그렇게 물었지만, 노형진은 그 부분은 확실하게 선을 그었다.

"비밀로 해 주면 애초에 사건 자체를 진행할 수가 없단다."

설사 자신들이 도와준다고 해도 상대방이 변호사를 사서 그 부분을 공격하면 할 말이 없어진다.

'그리고 상대방 변호사라면 당연히 그 부분을 공격하겠지.'

"그리고 애초에 소송을 하게 되면 상대방 변호사는 너희 어머니를 공격할 거야. 모를 수가 없어."

부모가 모르게 할 유일한 방법은 황미래가 졸업할 때까지 입을 다물고 조용히 버티는 것이다.

"문제는 그렇게 하고도 나중에 고등학교도 같은 학교로 가게 될지도 모른다는 거야."

얼굴이 사색이 되는 황미래.

지금도 선생님이 하는 말은 그냥 졸업 때까지만 참으라는 것뿐이었다. 그게 힘들어서 자살까지 생각하고 있는데, 같은 고등학교에 간다면 진짜 자살하게 될 것이 뻔했다.

"네가 자유롭고 싶다면 부모님을 만나야 해. 이해하지?"

황미래는 눈물을 뚝뚝 흘리면서 푹 숙이고 있던 고개를 힘없이 주억거릴 수밖에 없었다.

"내…… 아이가……."

황미래의 어머니인 박혜영은 정신이 나간 듯 보였다.

하긴, 자신의 딸이 1년 넘게 괴롭힘을 당하고 있었다는 사실을 알게 되었는데 그 누가 충격받지 않겠는가?

"현재 상황에서 아이에게 시급한 것은 법적인 보호와 심리적 안정입니다."

"……."

"아주머니."

"……."

"아주머니, 정신 차리세요! 아주머니가 정신 안 차리면 미래는 누가 지킵니까!"

노형진은 박혜영을 흔들어서 정신을 차리게 했다. 박혜영은 눈물을 흘리면서도 고개를 끄덕거렸다.

"그러면 어떻게 해요? 당장 가서 고발해요?"

"고발은 소용없습니다. 아이들이 해 봤어요."

하지만 훈방은커녕 아예 접수 거부되었다.

"가장 급한 건 아이가 치료받을 수 있게, 학교에 보내지 않는 겁니다."

"학교에 보내지 말라고요?"

"네."

"하지만 출석이……."

"지금 출석이 중요합니까, 애가 죽게 생겼는데?"

박혜영은 고개를 끄덕거렸다.

공부는 미래를 위해 하는 것이다. 그런데 지금 고문당하다가 자살해 버리면 무슨 의미가 있단 말인가?

"내일부터 학교에 안 보낼게요."

"공식적으로는 치료를 위해 안 보내는 겁니다. 관련 서류를 보내서 학교 측에 사정을 이야기하고요."

"네."

"그러는 사이에 저희들이 방법을 찾아보겠습니다."

그 후에 몇 가지 사실을 정리한 후 노형진은 그녀의 집을 나왔다.

"일단 큰 문제는 해결된 것 같은데……."

"하지만 본질적인 문제가 해결되지 않은 상태지."

"그건 그래."

당장 그녀가 쉬면 그녀에 대한 은따는 멈출 것이다. 하지만 학교를 영구적으로 쉴 수는 없다.

그렇다고 그냥 돌려보낼 수도 없다.

"전학이 가장 쉬운 방법이기는 한데."

"그건 미봉책이지."

손채림이 말하자 노형진도 그 부분은 수긍했다.

"그렇겠지."

여왕벌은 절대로 자의로 그러한 은따를 멈추지는 않는다고 했다.

황미래가 사라지면 다른 아이를 표적으로 삼을 테니, 그렇게 되면 윤미래는 지킬 수 있을지언정 다른 아이를 사지로 내모는 꼴이 된다.

"일단 시간은 벌었으니까 다른 방법을 찾아보자."

결국 지금 노형진이 할 수 있는 것은 시간을 끄는 것밖에 없었다.

"젠장…… 젠장."

노형진은 자신의 지식으로 되지 않는 듯하자 여기저기 다른 사람에게 자문을 구했다. 노형진이 모든 것을 다 아는 것은 아니기 때문이다.

특히나 이 사건의 경우는 범죄의 형량이 너무나 낮기 때문

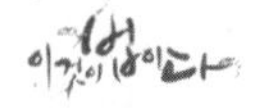

에 가해자에게 불이익이 없는 상태인지라 그걸 해결하는 게 중요했다.

"무리야."

"형님이 봐도 무리인가요?"

치익거리는 소리와 함께 익어 가는 삼겹살.

천종관은 그걸 뒤집으면서 노형진의 질문에 대답했다.

"그래, 그나마 증거라도 있으면 모르지만."

노형진과 동기인 천종관은 판사로 재직 중이다. 그것도 소년부에 있기 때문에, 이 사건을 가장 잘 이해할 수 있는 사람이기도 했다.

"나도 이런 사건들을 몇 번 봤지."

"봤다고요?"

"그래. 주로 똑똑한 년…… 아, 미안. 하지만 애들이지만 욕을 안 할 수가 없더라고. 하여간 똑똑한 년들이 꼭 이런 짓거리를 해."

"헐."

현직 판사가 '년'이라고 할 정도면 어지간히도 말이 안 통하는 모양이다.

"더군다나 이런 걸 알려 주는 건, 보통 부모가 문제야."

"부모가 문제?"

"일반적으로는 이런 걸로 걸리면 부모가 두드려 패서라도 인간을 만들어 줘야 하는데, 이런 짓을 하는 애들을 보면 보통 부모가 철저하게 자기 아이들 편인 경우가 많지. 그리고 그걸 뒷받침할 수 있을 정도로 재력과 권력이 있으면 이때부터는 골치 아파져. 사실상 이때부터는 부모가 범죄를 가르치는 꼴이 되거든."

어리둥절한 얼굴이 되는 노형진.

부모가 알려 준다니?

"부모가 범죄를 은폐하는 법을 알려 준다고요? 고치려고 하는 게 아니라?"

"그래."

"그래도 고작 학생인데 그걸 알려 준다는 게 말이나 됩니까?"

"그러니까 알려 주는 거야. 그런 짓거리 하는 새끼들은 아예 자기가 신분이 다르다고 생각해. 이런 일이 생기면 변호사까지 동원해서 다 막아 버린다고. 그러면 애새끼들이 뭘 배우겠냐? 그냥 안 걸리면 장땡이라는 사실만 배우지."

"그래요?"

어느 정도 익은 삼겹살을 잡아서 썩뚝 썰어 버리는 천종관.

하지만 그의 입은 멈추지 않았다.

어쩌면 그동안 쌓여 있던, 속에 있는 말을 할 사람을 찾고 있었던 것일지도 모르겠다.

"이때부터는 그 새끼들은 학생이 아니야. 어려서부터 범죄를 배우는 똑똑한 범죄자들이 되는 거야."

"똑똑한 범죄자라……."

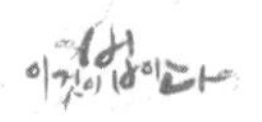

"그래, 똑똑한 애들이지. 여왕벌 노릇 하는 애들이 얼마나 똑똑한데. 대부분 전교 30등 안에서 놀더라고."

"어, 형님도 그 말을 아세요?"

"뭐?"

"여왕벌이라는 거요."

"뭐, 나도 소년부에 있으니까 많이 주워듣지."

그는 자신의 경험을 이야기해 주기 시작했는데, 듣고 있다 보니 터무니없는 경우가 정말 많았다.

"소위 일진이라고 하는 놈들은 그다지 똑똑하지는 않아. 힘자랑하고, 소위 말하는 가오를 잡으려고 하지. 그래서 폭력도 잘 쓰고, 협박은 기본이고, 당연히 그 과정에서 돈도 빼앗아. 일단 처넣으려고 하려면 아주 쉽지."

그건 일반적인 아이들이다.

그런 아이들은 오로지 자기 힘자랑이나 이득에 더 집중하기 때문에 여기저기 증거를 많이 남긴다.

"그런데 이런 여왕벌 타입은 아주 골 때린단 말이지."

그들은 금전적 목적이 아니라 자신의 통제력을 자랑하기 위해 범죄를 저지른다.

문제는 이런 타입의 범죄자는 지능이 아주 높다는 것.

"그런 녀석의 목적은 통제력을 주변에 어필해서 자신의 권력을 강화하려고 하는 거야. 자기한테 걸리면 자기 파벌을 동원해서 밟아 버린다 같은 거 말이야."

"아! 조리돌림!"

"조리돌림?"

"네, 그런 게 있어요."

조리돌림은 상대방에게 고의적으로 망신을 주는 행위를 말한다.

과거에는 사회적 집단의 유지를 위해 문제가 많은 녀석들을 통제하는 데 쓰였지만, 현대에 와서는 특정 집단에서 개인을 괴롭히는 뜻으로 쓰인다.

'그리고 타겟팅이 아주 끝내줬지.'

타겟팅이라는 SNS에서, 자신과 의견이 다르면 특정인을 괴롭혀서 결국 그쪽 주장을 접게 만들거나 자살까지 시키는 걸 조리돌림이라고 말했던 것이 기억난 노형진.

'그때 그게 문제가 많았는데.'

이 조리돌림이 시작되면 누가 이성적이고 누가 바른지가 중요한 게 아니다.

소위 '존잘'이라 불리는 리더가 표적으로 찍으면 그 추종자들은 상대를 공격해야 한다. 그러지 않으면 그 자신이 다음 표적이 되기 때문이다.

마치 이번 일처럼, 은따를 시키는 것이다.

'그러고 보니 똑같군.'

아직은 SNS의 문제가 드러나지 않은 시점이다. 그러니 대부분의 사람들이 이런 문제를 잘 모른다.

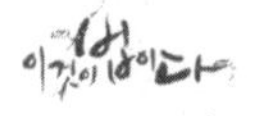

하지만 나중에는 심각한 문제로 취급받는다.

'타겟팅은 인생의 낭비라던가?'

누군가 했던 말이 생각난 노형진은 왠지 씁쓸해졌다.

물론 SNS는 이득도 많은 시스템이다. 감춰진 문제를 이슈화시켜서 해결하거나 누군가를 구원하는 데에도 쓸 수 있다.

문제는 조리돌림을 하는 녀석들은 그 안에서 나쁜 효과만 노린다는 것이다.

"은따는 왕따보다 발생 빈도도 낮고 보통 관심이 낮아서 대부분 잘 모르니까. 하지만 너도 알잖아? 사회에서도 은따는 넘쳐 나."

"그건 그렇지요."

기업이나 사회에 가면 은따는 생각보다 많다. 대부분의 경우 당사자가 그만두는 것으로 끝난다.

하지만 학교는 자기가 떠나고 싶다고 떠날 수 있는 게 아니다. 어디로 떠날 수도 없어서 결국 자살해 버리는 게 은따인 것이다.

사람이 정신적으로 붕괴되니까 버티질 못하는 것이다.

"그리고 그걸 배운 녀석들이라고 하면 당연히 또래보다 훨씬 머리가 좋지."

"끄응……."

"그래서 이 녀석들은 처벌할 수가 없어. 방법이 없다고 봐야지. 더군다나 대부분 이런 짓을 하는 놈들은 부모가 한자리 차지하고 있더라고. 일단 뭐 하나 걸렸다 싶으면 가장 먼저 날아오는 게 변호사야. 그리고 조사를 못 하게 하지. 심지어 피해자들을 명예훼손이니 허위 사실 유포니 하면서 무차별적으로 고소해. 씨발, 그러면 어떻게 되겠냐?"

"애들이 말할 수가 없겠지요."

"그래, 애들 입에 법적으로 재갈 물리는 거야. 애들이 겁을 안 먹겠냐, 지들이 아무리 어른처럼 굴어도 애들인데? 가해자가 닥치는 대로 고발하니까 증언은 아무도 안 해 주고, 피해자는 졸지에 무고로 처벌까지 받는다니까. 그리고 애새끼들이 그걸 보고 옆에서 배워. 그 후에 은따시키는 거지."

문제가 생겨도 부모가 다 덮어 주고, 애들은 그 과정을 보고 배운다. 그러다 보니 점점 더 인성이 개판이 되어 버린다.

"지난번에는 내가 뭘 봤는지 아냐?"

"뭔데요?"

"법정에서 재판을 하는데, 내 앞에서 걸리지 말라고 훈계를 하더라."

"부모가요?"

"그래."

'잘못했어요.'가 아니라 '걸리지 마라.'라는 말을 했다니, 기가 막힐 노릇이다.

"최고형을 때리지 그러셨어요."

"저 위쪽 새끼인데 그게 되겠냐?"

“끄응.”

“3호 처분도 간신히 때렸다.”

“무슨 죄인데요?”

“학교에서 흑풍회인지 개방인지 만들어서 폭력 조직 노릇을 하더라. 말이 흑풍회지, 사실상 일진이지. 왕따나 갈취는 기본이고, 피해액이 아마 5천쯤 될걸. 다만 여러 애들한테 빼앗아서 개인당 피해는 좀 작을 테지만.”

“그런데 3호라고요?”

성인이라면 그건 폭력 조직 구성에 관한 특별법의 적용을 받아서 엄청나게 가중처벌되는 범죄다. 그런데 3호 처분은 자원봉사 명령이다.

실질적으로 법률과 관련된 뭔가를 하는 것은 4호 처분부터이다. 4호 처분부터는 보호관찰이니까.

3호 처분이면 그냥 집에 보냈다고 보면 된다.

“5천인데요?”

“그러니까.”

피해자가 많으니 개인당 피해액은 적고, 그걸 감안하라고 위에서 오더가 떨어졌다는 것이다.

“맨 처음에는 1호 처분하라는 거, 씨발, 그건 못 하겠더라. 그래서 쌩 깠지.”

“1호 처분요?”

“그래.”

1호 처분은 보호자가 관리하는 것을 뜻한다. 즉, 아무 짓도 하지 말고 고이 집에 보내라는 소리다.

"그거 내리고 내가 불려 가서 얼마나 욕을 많이 처먹었는지, 일주일간 배가 부르더라니까. 그거 내리고 2개월 감봉 떨어졌다. 뭐, 공식적으로는 품위 유지 위반이지만."

그가 품격을 내보이면서 고상을 떠는 타입은 아니기는 하다. 하지만 그렇다고 해서 판사로서 명예를 훼손하고 다니는 타입도 아니다.

그나마 핑계를 대자면, 다른 판사들처럼 여자 끼고 룸살롱에서 노는 것보다는 삼겹살에 소주 한잔하는 것을 더 좋아한다는 정도?

'하긴…… 그게 품위 위반이 될 수도 있겠네. 판사가 품위도 없이 삼겹살에 소주라니.'

노형진은 속으로 문득 그런 생각이 들어 피식 웃었다.

그런 노형진의 생각을 아는 건지 모르는 건지, 천종관은 한탄하듯 말했다.

"그런 상황인데 은따가 바로 잡히겠냐?"

노형진은 걱정이 되기 시작했다.

일선이 이 판국인데 자신이 법적으로 뭘 한다고 해 봐야 바뀔 것 같지는 않았기 때문이다.

노형진의 마음을 아는 건지, 소주를 한입에 털어 넣은 천종관은 삼겹살을 입에 넣고 질겅대면서 씹었다.

"은따는 무리야. 왕따는 그나마 증거라도 넘치지, 은따 하는 새끼들은 졸라 머리 좋은 새끼들이야."

"흠……."

"그 새끼들은 절대 전면에 안 나서. 한 번은 학생회장도 봤다."

"학생회장이 가해자라고요?"

"그래."

학생회장이 나서서 강간 교사까지 했던 사건.

피해자는 인생이 망가지고 다른 가해자들은 강간으로 감옥에 갔지만, 정작 학생회장은 아무런 처벌도 받지 않고 한국 유수의 대학에 갔다.

"진짜 졸라 머리 좋은 새끼들이라니까. 자기들이 가진 힘을 어떻게 쓸지 잘 아는 새끼들이지."

"큭."

듣다 보니 이건 아무래도 생각보다 심각한 문제인 듯했다.

"그 새끼들을 족치려면 법으로는 안 된다."

"형님은 판사면서 그런 소리를 해요?"

"판사는 개뿔. 난 인간 아니냐? 넌 그런 생각 안 해?"

노형진은 반박할 수가 없었다.

자신도 회귀 전에도, 지금도 법으로 어쩔 수 없는 상황이 존재한다는 것을 알고 있었기 때문이다.

"나도 위에서 말하는 거 쌩 까고 최고로 때려 봤지. 그런데 2심 가면 족족 깨지더라고. 캬, 쓰다. 씨발.”

소주를 털어 내고는 머리를 흔드는 천종관.

“학생에다가 미성년자에 있는 집 자식이라는 카드를 들고 있는 새끼들은 처벌이 쉽지 않아.”

“그건 그렇지요.”

“씨발 놈의 새끼들. 누구 하나 뒈질 때까지 그럴걸.”

노형진은 수긍할 수가 없었다.

“아닐걸요.”

“뭐? 설마 개과천선할 수도 있다는 거야?”

“그럴 리가 있습니까? 그 새끼들은 개과천선하는 게 아니라, 누구 하나 자살해도 계속 그럴 겁니다.”

“하긴…….”

이미 자살한 사건은 흔하다 못해 뉴스거리가 되지도 못하는 상황이다.

그러나 그러한 행동을 하는 녀석들은 그런 일이 생겨도 전혀 부담스럽게 생각하지 않는다. 심지어 인터넷에다가 자랑스럽게 사람 한번 죽여 볼 만하다면서 자랑까지 하곤 한다.

“망할 놈들. 몇 명이나 죽이려고 하는 건지.”

속이 타는 건지 천종관은 아예 깡소주를 들이켰다.

그 말에, 노형진은 문득 생각나는 것이 있었다.

“지금 뭐라고 하셨지요?”

“응?”

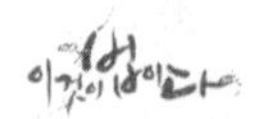

"우리, 방금 자살 이야기하지 않았습니까?"

"그렇지."

"어쩌면…… 방법이 있을지도 모르겠는데요?"

드디어 길이 보이기 시작하자 노형진은 마음이 다급해졌다.

"아, 저 먼저 갑니다."

"어? 야, 야! 술 사 준다면서! 고기값은 계산하고……."

그러나 이미 노형진은 저 멀리 사라지고 없는 상황.

멍하니 그가 사라진 방향만 바라보던 천종관은 작게 중얼거렸다.

"……가야지……."

그 말을 들은 가게 주인은 의심스러운 눈초리로 바라보자 천종관은 어색하게 말했다.

"어…… 저기, 외상 됩니까? 하하하하."

죽으려고? 혼자는 못 죽는다

“미래랑 보라, 두 사람의 진술에 대해 확인해 볼 게 있어서 와 달라고 한 거야.”

“네?”

“이 말이 사실이니?”

“어떤 거요?”

“이거 말이야.”

죽을 때까지 괴롭히겠다고 했다는 두 사람의 피해 진술서.

노형진은 그 부분을 보고 방법을 확신했다.

“네, 그 미친년이 그랬어요. 저야 가뿐하게 씹었지만.”

보라는 황미래를 걱정스럽게 바라보았다.

그나마 요 근래 학교에 가지 않아서 조금은 나아졌다고 하지만 영원히 가지 않을 수가 없으니 언젠가는 출석해야 한다.

"미래는?"

"저도……."

하지 말라고 읍소도 하고 빌어도 봤다고 한다.

하지만 가해자인 최유정은 비웃으면서 네가 자살하면 모든 게 깔끔하게 끝날 거라는 식으로 이야기했다는 것이다.

"그렇단 말이지?"

"네."

"와, 너무한다."

손채림은 그 말을 듣고 기가 막혀서 말이 안 나오는지 고개를 절레절레 흔들었다.

"사람 목숨을 파리 목숨으로 아는 거야, 뭐야?"

"목적은 그거니까."

"그런가?"

"그래."

금전이 목적이라면 오히려 죽으면 안 된다.

하지만 금전이 목적이 아니라 자신의 파벌, 그러니까 자신의 영향력을 과시하는 거라면…….

"도리어 한 사람쯤 자살해도 문제가 될 건 없지. 아니, 내심 그러기를 바라고 있을걸."

"설마."

"진짜야."

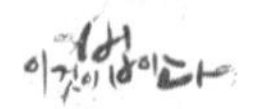

실제로 이런 사건은 노형진이 그다지 신경을 쓰지 못했을 뿐이지, 흔하게 벌어졌다.

노형진은 이번 사건을 담당하게 된 후 회귀 전에 있었던 사건들을 정리해서 기억해 내는 데 성공했는데, 거기서 공통점을 찾을 수 있었다.

'반성이라는 게 없었지.'

그들의 공통점은 일단 사건을 은폐하고 모른 척하면서 책임지지 않으려고 한다는 것.

그리고 그 죽음의 순간에도 낄낄거리면서 반성하지 않는다는 것이다.

인간은 목에 칼이 들어와야 반성하고 후회한다는 것을, 노형진은 그런 것을 보면서 뼈저리게 느낄 수밖에 없었다.

'애석하게도 판사 앞에서 눈물을 흘리는 것은 대부분 가식이지.'

변호사로서 그리고 동기들의 이야기를 들으면서 느낀 것이 뭐냐면, 90% 이상의 인간들이 절대로 반성하지 않는다는 것이다.

그들은 판사 앞에서는 한 번만 봐 달라고 빌면서 다시는 안 그러겠다고 하지만, 현실은 시궁창이라는 말처럼 나오는 순간 자기 연기 어땠느냐고 낄낄거리고 심지어 보복도 서슴지 않았다.

그러고는 학교로 돌아와서 자신은 고소한 학생에게 서슴

없이 보복하고는 했다.

"그거야 한두 번 있는 일도 아니고 왜?"

"그냥 그들의 행동에 대한 책임을 지울 수 있을 것 같아서."

"무슨 책임?"

"자살교사라고 알아?"

"자살교사? 아!"

손채림은 노형진이 말하는 것이 뭔지 알아차렸다.

자살교사죄. 사람들이 잘 모르는 대표적인 죄 중 하나이다.

"자살요? 그건 자기가 스스로 죽는 거 아닌가요?"

"맞아. 하지만 그렇지 않은 경우도 있지."

"네?"

"강제로 자살하는 경우도 적지 않아. 그리고 그걸 처벌하기 위해 만들어진 법이 바로 자살교사와 자살방조야."

노형진은 두 사람에게 설명하기 시작했다.

"자살교사는 죽을 생각이 없는 사람에게 여러 가지 방식으로 죽으라고 압력을 넣는 것을 뜻하지. 지금 그 최유정이라는 가해자가 하는 게 엄밀하게 말하면 자살교사야."

숱하게 괴롭히면서 죽으라는 말을 해 왔으니 충분히 자살교사가 된다.

"하지만 해당되는 법이 없다면서요?"

"그게 문제야."

"네?"

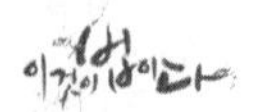

"자살교사는 상대방이 자살을 시도하는 시점에 성립하거든. 그런데 미래는 한 번도 자살을 시도한 적이 없어."

"……."

"미래 너의 잘못이 아니야. 솔직히 자살을 시도한다는 것 자체가 아주 큰 일이야. 애초에 시도도 해서는 안 되는 일이고."

노형진은 미래를 다독거렸다.

혹시나 자기 책임인 줄 알고 두려워할까 봐 그런 것이다.

"어찌 되었건 최유정은 명백하게 목적으로 가지고 미래를 괴롭혔어. 그리고 공공연하게 자살시키겠다는 말을 해 왔지. 그러니까 미래 네가 자살하는 흉내만 내도 이미 자살교사죄는 성립된다는 거야!"

"이해가 안 되는데요?"

중학생인 이들에게는 좀 난이도가 높은 이야기였는지 보라는 여전히 고개를 갸웃했다.

그러자 손채림이 그런 아이들을 위해 좀 더 쉽게 표현해 주었다.

"그러니까 간단하게 말하면 자살하라고 시키는 것도 범죄인데, 현재는 그게 성립이 안 되지만 미래가 자살하는 시늉만 해도 성립된다는 거야. 그동안은 해당되는 범죄 조항의 처벌이 약하기 때문에 제대로 대응할 수 없었지만, 자살교사는 중죄거든."

"중죄요?"

“그래. 1년 이상에서 10년 이하의 징역.”

입을 쩍 벌리는 윤보라.

확실히 다른 처벌과 다르게 강력한 처벌이다.

“물론 미성년자라서 성인 기준인 이런 처벌이 나오지는 않을 거야.”

중학생인지라 그 처벌이 나올 수는 없다. 아직은 소년범이기 때문이다.

“하지만 확실한 것은, 확실한 처벌 대상이라는 거지.”

“그렇지만…… 그 아버지가…….”

미래는 여전히 두려운지 조심스럽게 말을 꺼냈다. 그리고 그녀의 말이 타당하기는 하다.

“그래, 그 아버지가 정치권에 있는 사람이지.”

그것도 상당한 권력을 가진 사람이다.

그런 만큼 소년범으로 들어가서 처벌받게 되면 터무니없이 수준을 낮출 수 있다.

“확실히 그럴 가능성이 높지.”

노형진도 그 부분을 감안하고 있었다.

이미 선배로부터 그런 일이 흔하게 벌어진다는 사실을 들어 알고 있었기 때문에 그냥 넘어갈 수는 없는 노릇.

‘자살교사로 잘해 봐야 4호 처분일 거야.’

성인이라면 강력하게 처벌하겠지만 미성년자라는 마법의 주문 탓에 강력한 처벌은 힘들 것이다.

"그러니까 너희들이 좀 도와줘야 한다."

"네?"

"저희가요?"

잔뜩 주눅이 드는 미래.

윤보라는 그런 미래를 보더니 속이 터진다는 얼굴이 되었다.

"그 미친년한테 그냥 당할 거야?"

"하지만……."

"야!"

"워워, 진정해. 보라, 네가 생각하는 거랑은 좀 다르니까."

"네?"

"심리적으로 주눅이 든 사람이 상대방에게 저항하는 건 쉬운 일이 아니야."

보라야 저항하려고 하니까 하는 거지, 이미 제압당한 상황인 미래가 다른 사람도 아닌 가해자인 최유정에게 저항하는 것은 쉬운 일이 아니다.

"그러면 어떻게 증거를 모아야……?"

"증거는 넘쳐. 주변의 아이들이 증언해 줄 테니까."

"그럴 리 없어요. 그 애들은 이미 그 미친년한테 당할까 봐 바들바들 떨고 있다고요."

"그걸 노리는 거지."

"네?"

보라는 이해하지 못한다는 얼굴이 되었다.

손채림도 이해가 안 된다는 듯 노형진을 바라보았다.

"뭐야? 증거를 모으려고 한 거 아니었어?"

"증거를 모을 수 있는 상황이 아니야."

몰래 녹음을 한다거나 하는 방식은 미래가 최유정에게 접근할 수 있어야 가능하다.

하지만 황미래는 이미 최유정에게 정신적으로 주눅이 들어서 대면조차도 두려워하는 상황.

"이런 상황에서 잘못하면 증거를 얻기는커녕 상황만 더 악화돼. 더군다나 조작의 문제도 있고."

"조작?"

"그래. 미래는 대항의 의사가 없었어. 그런데 갑자기 접근해서 녹음과 녹화를 하고 자살 쇼를 한 다음에 그걸 증거로 제출한다? 그게 증거로 받아들여질까?"

"아!"

자살교사죄는 말 그대로 상대방이 자살을 시도해야 성립하는 범죄이며 그 미수범도 처벌하게 되어 있기 때문에 확실하게 최유정을 엮을 수 있다.

"하지만 증거를 녹음해서 제출하는 순간, 자살교사가 성립되지 않지. 자살하려고 하는 사람이 증거를 모으려고 녹음할 리 없잖아? 결국 쇼를 한 게 드러나게 되어 있어."

"그러네."

단순히 녹음해서 해결하려고 했던 손채림은 생각지도 못

한 문제가 있음을 깨달았다.

“그러면 신고를 못 하잖아요?”

“그러니까 윤보라 네가 도와줘야 해.”

“에? 제가요?”

윤보라는 어리둥절했다.

자신과 최유정이 원수같이 지내는 건 사실이지만 사실 피해자는 황미래다. 자신은 파벌이 있어 최유정이 건드리지 못하기 때문이다.

“그래.”

“제가 증언을 한다고 믿어 줄까요? 친구인데?”

“한 명이라면 그렇지. 하지만 이런 말이 있지. 도성 안에 호랑이가 나타났다고 한 명이 말하면 미친놈 취급을 받지만, 두 명이 하면 그럴 수 있나 의심하게 되고, 세 명이 하면 사실이라고 생각하게 된다고.”

“저도 그 속담은 알아요. 하지만 전 한 명인데요? 친구들이 그렇게까지 해 주지는 않을 텐데.”

친구들은 반이 다르다. 그러니 그 애들이 말하는 것은 엄밀하게 말하면 위증이 된다.

“그래. 하지만 네가 말했잖아, 아이들은 그 여왕벌이 두려워서 말하지 못한다고.”

“네.”

“하지만 다른 여왕벌이 나타난다면?”

"네?"

"지금은 힘으로 찍어 누르고 있는 여왕벌이 두려워서 말을 하지 못하고 있지. 하지만 그걸 이길 수 있는 여왕벌, 그러니까 자신을 보호할 수 있는 다른 세력이 나타난다면? 그리되면 다른 아이들은 어떻게 반응할까?"

"그거야……."

"대부분의 사람들은 비슷하게 움직이지."

또 다른 여왕벌이 생기고 그녀가 다른 집단보다 더 타당하게 보호해 준다면 그쪽으로 간다.

"일반적으로 독재자를 제압할 때 미국이나 다른 서방국가들이 쓰는 방식이지."

독재자와 직접적으로 전쟁하는 것은 부담스럽다. 그렇다면 그 반대파를 도와주면 되는 것이다.

"물론 현실적으로 한다면 엄청나게 큰 문제가 되겠지만 말이야. 이건 고작 한 개 반 정도의 규모잖아? 아무리 크게 한다고 해도 한 학년 정도 되는 규모이고."

"무슨 뜻인지 알 것 같아."

손채림 역시 바로 알아들었다. 그녀가 봐도 노형진의 방법이 제법 타당해 보였기 때문이다.

"새로운 여왕벌을 키운다라……. 좋은 방법이네. 적당한 보호를 약속한다면 아이들은 이쪽 파벌로 들어오려고 할 거야."

"그렇지."

그 상황에서 최유정이 고발당하고 재판에 들어가게 된다면, 그리고 윤보라가 나서서 증언하면서 분위기를 이끌어 가게 된다면.

"여왕벌을 따라서 집단으로 행동하게 되는 거지."

"흠……."

한두 명도 아닌 한 개 반 전체가 최유정의 의사에 반하는 진술서를 낸다면 아무리 판사라고 해도 최유정의 주장은 믿지 않게 될 것이다.

"그걸 저보고 하라고요?"

"그래."

"하지만……."

윤보라는 걱정스러운 얼굴이 되었다.

그럴 수밖에 없는 것이, 자신은 보육원에 살고 있는 고아다. 당연히 다른 아이들에 비해 소위 말하는 백이라는 게 없다.

"차라리 부모님이 있는 아이들 중에서 고르시는 게……."

"의미가 없어. 부모님이 있는 아이들이 미래와 친하지도 않고, 그 아이들이 여왕벌의 속성을 가지고 있지도 않아."

"전 그런가요?"

"솔직히 말하면 그래."

진취적이고 리더십이 있으며 또한 악의에 저항할 줄 아는 윤보라는, 노형진이 봤을 때는 여왕벌이라는 자리에 적당한 아이였다.

"그리고 부모가 있다고 해도 최유정의 부모보다 잘났을 가능성은 그다지 없으니까 부모가 있고 없는 것은 크게 상관이 없지."

"음……."

윤보라는 한참 동안 침묵을 지켰다.

단 한 번도 생각해 본 적조차 없는 일이었기 때문이다.

"물론 너에게 보상도 있단다."

"보상요?"

"그래. 어차피 너도 나가서 취업을 하기는 해야 하지 않니?"

"그거야……."

윤보라는 약간은 곤혹스러운 얼굴이 되었다.

그럴 수밖에 없는 것이, 보육원에 살면서 가장 고민되는 것이 미래이기 때문이다.

보육원에 살다가 성인이 되면 바깥으로 나가야 한다. 그런데 그렇게 나갈 때 주는 돈은 고작해야 300만 원 정도. 어디 가서 방을 구하기에도 터무니없이 작은 돈이다.

그래서 대부분의 경우 고등학교 때부터 아르바이트를 해서 돈을 모으려고 한다.

"네가 취업할 자리를 확실하게 보장해 주마."

"제 자리요?"

"그래. 네가 일할 만한 곳을 알거든."

"그거야 고맙지만……."

그것까지는 좋다. 충분히 환영할 만한 일이다.

그러나 여전히 문제가 없는 것은 아니었다.

"가장 큰 문제는, 제가 여왕벌이 되기 위해서는 백이 있어야 한다는 거예요."

자체적인 능력으로 여왕벌이 되는 경우도 있기는 하지만, 대부분의 경우 부모라는 그림자를 배경으로 여왕벌이 되는 것이 현실이다.

자체적인 능력으로 여왕벌이 되는 타입은 최유정같이 극단적인 공격 성향을 가지지도 못한다. 수습할 방법이 없기 때문이다.

더군다나 혼자인 경우는 아무리 여왕벌 속성을 가지고 있다고 해도 주변에서 인정해 주지 않아서 주변을 무시하지도 못하고 말이다.

"최유정도 그렇고요."

"걱정하지 마라. 최유정 따위는 비교도 못 할 만한 백을 데리고 올 테니, 후후후."

노형진은 이 두 가지 모두를 해결해 줄 수 있는 사람을 알고 있었다.

찰칵찰칵!

기자들은 사진을 찍기 바빴다.

유민택은 그런 기자들을 위해 포즈를 좀 취하다가 안으로 발걸음을 돌렸다.

"자, 자! 이쯤에서 그만 찍겠습니다. 나머지는 교실에서 찍어 주세요. 학교에서는 소란은 자제해 주십시오."

비서들이 기자들을 통제하는 사이 안으로 향하면서, 유민택은 노형진을 향해 피식 웃었다.

"소 잡는 칼로 닭 잡는 꼴 아닌가? 나보고 개인 후원을 하라니."

"뭐, 상관없지 않습니까? 어차피 얼마 안 되는 돈인데요. 솔직히 어지간한 광고보다 훨씬 효과도 좋을 텐데요?"

"그건 그렇지만, 거참."

유민택은 노형진의 말에 반박할 수가 없었다.

다른 사람도 아닌 대룡의 회장이 고아들을 남몰래 후원한다는 사실이 알려질 경우 브랜드의 광고효과는 그만큼 올라가기 때문이다.

그렇다고 해서 수억 원씩 후원할 건 아니니 들어가는 돈에 비해 상당히 효과적인 광고 수단이기는 하다.

"저도 덕 좀 보고요."

"거참, 그냥 내가 그 인간 자르는 게 어때?"

유민택은 사정을 알고 있었기 때문에 간단하게 해결해도 된다고 생각했다.

행자부 차관쯤이면, 자신이 원하면 언제든 잘라 낼 수 있는 자리다.

차관 자체는 두려운 게 아니다. 차관이 두려운 이유는 그 뒤에 있는 놈들 때문이다.

하지만 대룡쯤 되면 차관이 아니라 장관급 이상과 이야기하는 급이니 그들에게 부탁하면 자르거나 경거망동하지 못하도록 아주 강력하게 충고해 줄수도 있다.

"차관쯤은 내가 해직시킬 수 있네. 하다못해 불러서 내가 따끔하게 한마디만 해도 꼬리 말고 도망칠 텐데?"

"그건 애들 싸움에 어른이 끼는 거고요."

"지금도 충분히 끼는 것 같네만?"

"하하하, 부정은 못 하겠네요."

노형진은 웃고 말았다.

"어차피 이름만 빌리는 건데 뭐 어떻습니까?"

"하긴, 나야 상관없기는 하지."

우리나라의 고질적인 문제인 '알아서 긴다'는 자세는 심각할 정도다.

알아서 기다가 일을 망치는 것은 흔하게 있는 일이고, 도리어 자신은 제대로 하려는데 알아서 기는 놈들 때문에 제대로 안 되어서 욕먹는 일도 다반사다.

그러나 대부분의 권력자들은 상대방이 알아서 기는 것을 요구하기 때문에 고쳐지지 않는 사회 질병 중 하나였다.

"벌써 나와 있네."

건물 앞으로 가자 교장을 위시한 전 직원이 나와서 줄을 서 있는 것이 보였다.

'그렇지. 내가 이럴 줄 알았다.'

노형진은 씩 웃으면서 교장을 바라보았다.

"반갑습니다, 회장님."

상대방은 회장, 그것도 대룡이라는 거대 기업의 회장이다. 그러니 교장으로서는 이럴 수밖에 없었다.

"이렇게까지 나오실 필요는 없는데요."

"아닙니다. 여기까지 오느라 고생하셨습니다."

심하다 싶을 정도로 고개를 숙이는 교장과 선생님들.

"전 그저 개인 후원자로서 온 것뿐인데 이렇게 환대해 주시니 몸 둘 바를 모르겠습니다."

유민택은 아주 자연스럽게 말하면서 주변을 둘러보았다.

"아…… 보라 양은 수업 시간이라서요. 가서 데리고 올까요?"

"아닙니다. 공부하는 학생을 방해하면 안 되지요."

유민택은 그렇게 말하면서 씩 웃었다.

"그래도 개인적으로 후원하고 있는 아이이니 잘 부탁드립니다. 보라는 똘똘하고 착한 애라, 뭐든 잘할 겁니다."

"네네, 그럼요. 저기, 차라도 한잔하고 가시겠습니까?"

"주신다면야 잠깐 시간을 내 보도록 하겠습니다. 얻어먹는 처지이니까요."

"별말씀을요, 하하하."
천연덕스럽게 말하는 유민택.
노형진은 그 모습을 보며 그저 빙그레 웃을 뿐이었다.

⚖

"이런 미친년들……."
최유정은 이를 박박 갈았다. 며칠 전부터 자신의 자리가 위협받기 시작한 것이다.
다른 사람도 아닌 유민택이라는 백을 가진 여자아이 때문이었다.
"저 망할 년……. 고아 주제에……."
이를 아무리 갈아 봤자 최유정이 할 수 있는 건 없었다.
"아저씨? 그냥 착한 분이야."
"그래도 회장님이잖아!"
"그렇기는 하지. 그래도 착한 분이야. 직함보다는 사람이 중요하다고 생각하는 분이고."
윤보라는 그렇게 말하면서 최유정의 패거리를 바라보았다.
'확실히 세가 줄었어.'
전에는 혹시나 자신들이 피해자가 될까 봐 숨을 죽이고 있던 아이들이, 윤보라가 나서서 방어해 주기 시작하자 무서운 속도로 이쪽으로 모이고 있었다.

'그 변호사 아저씨, 능력 진짜 대단한데?'

윤보라는 노형진이 했던 말대로 상황이 흘러가자 속으로 놀라고 있었다.

노형진은 그녀에게 '최유정은 분명히 누군가를 공격한다. 미래가 쉬고 있으니 당연히 다른 대타를 구하려고 할 거야. 그러니 넌 그 애를 지켜 주기만 하면 돼.'라고 말했다.

그런데 유민택이 왔다 가자 최유정은 실제로 그렇게 행동했고, 그 아이들이 괴롭힘을 당할 때마다 윤보라가 태클을 걸었다.

그러자 최유정은 다른 아이를 고르려고 했다. 그것도 윤보라와 거리가 있는 아이들을.

하지만 윤보라는 친분과 상관없이 그런 그녀의 행동을 막아섰고 그 후에 자연스럽게 자신의 주변으로 아이들이 모여들었다.

다들 최유정의 공포정치에 질려 버린 터였기 때문이다.

"썅년!"

그렇게 말하면서 자리에서 일어나는 최유정.

"야, 가자!"

"으응?"

"가자고! 안 가?"

"가야지."

최유정같이 여왕벌이라고 불리는 아이의 주변에는 친위대

라고 할 만한 몇 명이 꼭 있다.

그들은 절대적으로 최유정을 위해 움직인다. 아니, 그래야 한다고 생각했다.

하지만 그 아이들도 생각이 많았다.

"그런데…… 오늘은 못 갈 것 같아."

"뭐라고?"

"아버지가 일찍 오래서……."

최유정의 얼굴이 와락 일그러졌다.

그럴 수밖에 없는 게, 지금 말한 아이의 아버지는 대룡에서 일하는 사람이기 때문이다.

'이런, 썅…….'

문제는 그녀의 행동이다.

전에도 일찍 오라는 말을 한 번도 듣지 않았을 리 없다. 단지 자신을 우선시해서 가뿐하게 씹어 버린 것뿐이다.

그런데 이제 와서 아버지의 말을 따르는 척하면서 일찍 가려고 한다는 것이 의미하는 바는 한 가지뿐이었다.

'이런 개 같은 년.'

자신과 거리를 두려고 하는 것이다.

자신의 친위대라고 할 수 있는 집단조차 이탈하려고 하는 것이다.

"너 미쳤냐? 내가 누군지 알고……!"

화를 내려고 하는 그때였다.

"왜 애를 괴롭히고 그래?"
"뭐?"
"아버지가 일찍 오라잖아. 그럴 수도 있지."
"넌 뭐야, 이 썅년아?"
드디어 참다 못한 최유정이 끼어드는 윤보라에게 화를 버럭 냈다.
"고아 년 주제에 네가 뭘 아는데? 넌 아빠도 엄마도 없잖아!"
상대방에게 심리적인 충격을 주기 위해 고의적으로 험하게 나가는 최유정.
그러나 그 정도에 고통받을 윤보라가 아니었다.
'하도 들어서 지겨운 말이다, 이년아.'
속으로 피식 웃으면서 윤보라는 당당하게 말했다.
"그래서 하는 말이야. 난 부모님이 안 계시기 때문에 소원이 부모님을 가지는 거라고. 아무리 유민택 회장님이 잘해주신다고 해도, 내 부모님은 아니잖아? 부모님 계실 때 잘해드려야지. 안 그래?"
"맞는 말이네."
"맞아."
"부모님한테는 잘해야지."
도리어 역습을 가하자 몇몇 사람들이 적극적으로 동조하기 시작했다.
그러자 욕설에 충격받아서 질질 짜는 윤보라의 모습을 기대했던 최유정은 당황했다. 대부분의 아이들이 저쪽으로 붙어 버렸다는 사실을 알았기 때문이다.

"이런 싸앙!"

결국 최유정은 화를 내면서 교실 바깥으로 나갔고, 그걸 본 윤보라는 미소를 지었다.

'넌 이제 끝난 거야, 호호호.'

⚖

"미래야, 할 수 있겠니?"

바람이 부는 다리 위에서 노형진은 걱정스럽게 말했다.

모든 준비가 끝났다. 윤보라는 자기 반의 대부분을 포섭하는 데에 성공했고, 학교에서는 교장과 교감이 알아서 기는 상태다.

그러니 고소 고발이 들어가면 그 흔한 탄원서 하나 들어갈 일 없다.

남은 것은 단 하나, 최유정에게 징벌을 내리는 것.

'하지만 그러기 위해서는 쇼를 해야 하는데.'

문제는 피해자인 황미래가 잔뜩 주눅이 들어 있다는 것.

"네……. 하…… 할 수 있을 것 같아요."

"힘들면 그냥 사건을 조작하는 선에서 끝내자. 지금이라도 그만둘 수 있어."

사건을 키우려면 대중에게 알려져야 한다. 그런데 그러기 위해서는 공개적인 쇼를 해야 한다.

문제는 황미래가 가지고 나온 카드가 자신이 생각하던 카드와는 다르다는 것.

"안 떨어지면 되는 거잖아요……."

"그렇기는 한데……. 그냥 적당히 조작하는 게 좋지 않을까?"

노형진의 계획은 황미래가 자살 시도를 했다는 식의 뉴스를 시중에 내보내는 것이다. 그렇게 하면 위험 요소 없이 안전하게 사건을 진행시킬 수 있다.

적당히 건물 난간에 서 있는 걸 다른 사람이 구해 주는 흉내만 내면 된다.

그런데 황미래는 자신보다 더 독한 방법을 선택했다.

"해야 한다고 생각해요……. 이건 제 일이었어요. 그런데 미래가 나서 준 거잖아요. 이번에 해결하지 못하면…… 미래가 더 힘들어질 거예요."

"음……."

"최유정을…… 직접 대면할 용기는 없지만, 그래도…… 높은 곳에는 갈 수 있어요."

황미래는 침을 꿀꺽 삼키면서 말했다.

그녀가 선택한 것. 그것은 다름 아닌 한강 다리의 7번 교각이었다.

'실제로 자살을 생각했었나 보군.'

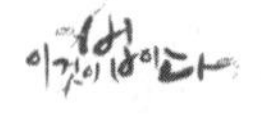

그럴 수밖에 없는 게, 한강 다리 7번 교각은 자살의 명소라 불릴 정도로 자살자들이 많기로 유명한 곳이기 때문이다.

그래서 사람들이 관심을 가지고 살피는 장소이기도 하다.

황미래는 직접 장소를 선택했다.

그런데 그 결과가 한강의 7번 교각.

그건 미리 많은 생각을 하지 않으면 고를 수 없는 자리다.

'그리고 여기는 주변에서 가장 잘 보이는 자리이기도 하지.'

이게 무슨 말이냐면, 누군가 자살하고자 할 때 마음 한편으로는 우연이라도 다른 이가 자신을 구해 주길 바란다는 것이다.

그래서 주변에서 잘 보이는 곳에서 자살을 시도한다. 아마도 황미래는 죽어서도 누군가 사실을 알고 복수를 해 줬으면 하는 생각을 한 게 아닐까?

"확실히 그렇기는 한데……."

거기라면 언론을 타기도 좋고 증인도 많이 확보할 수 있을 것이다.

은따 때문에 중학생이 자살을 시도했다는 것은 국민적인 공분을 자아내기도 쉽다.

"하지만……."

문제는 그만큼 위험하다는 것.

그 위로 올라갔다가 아차 해서 떨어지기라도 하면 진짜로 죽을 수도 있는 일이다.

그렇다고 자살하러 간다는 애가 안전장치를 할 수는 없다.

"그냥 다른 방법을 써."

손채림도 걱정스러운 듯 말했다.

하지만 황미래는 이미 마음을 굳힌 상태였다.

"아니에요……. 이렇게라도 용기를 내지 않으면…… 전 인간쓰레기가 될 거예요. 영원히 남한테 기댈 수는 없어요. 이건 저 스스로 용기를 내기 위해서이기도 해요."

"그렇게까지 말한다면야……."

심리적으로 주눅이 들어서 최유정은 만날 수 없다지만 다른 것까지 하지 못하리라는 법은 없다.

"절대로 끝까지 올라가지는 마라. 알았지?"

"네."

중간까지만 가도 사람들이 발견해 줄 것이고, 그러면 바로 구조대가 출동한다.

워낙 자살자가 많아 상시 감시하는 곳이기 때문이다.

"절대 안 죽을 거예요. 걱정하지 마세요."

그렇게 말하면서 그녀의 눈에서 빛나는 복수심을 본 노형진은 그나마 좀 안심이 되었다.

복수하고자 하는 사람은 쉽게 죽지 않으니까.

"알았다. 네가 그렇게까지 말한다면, 진행하자."

"네."

그녀는 차에서 내려서 교각 위로 다가가기 시작했다.

그런 황미래를 보면서 손채림은 걱정스럽게 말했다.

"잘할까?"

"뭐, 별일 없을 거야. 사실 올라가지도 못할 거거든."

"응? 그게 무슨 소리야?"

"사실은 다리 위에 롤러가 있어. 그래서 그거 뚫고 올라가려면 엄청나게 힘들어. 미리 뭔가 걸 만한 걸 가지고 오지 않으면 못 올라가. 정부가 바보냐? 아…… 뭐, 어떤 업무에서는 바보가 맞기는 하지만, 일단은 이곳에서 자살이 하도 자주 일어나서 말이지. 다 대응해 둔다고."

"헐?"

손채림은 노형진의 말에 당황했다.

"그러면……?"

"아무 준비도 안 한 채로 올라가는 건 불가능해."

"잠깐! 그러면 왜 여기를 온 건데?"

"장소만 중요한 게 아니라 시간도 중요하거든. 뭐, 이렇게까지 하지는 않아도 되지만 본인이 하겠다고 하니까."

"무슨 소리야?"

"이 시간이면 교육부 장관이 지나갈 거야. 출근 시간이지. 그 사람은 언제나 비슷한 시간에 여길 지나가."

손채림은 어이가 없어서 노형진을 바라보았다.

자신도 모르는 사이에 이 모든 걸 준비해 놨다는 것을 알았기 때문이다.

"장관이 자살하는 사람을 보고 그냥 넘어가기는 힘들지. 그랬다가 욕 제대로 먹거든. 더군다나 자살하려고 하는 사람이 다른 사람도 아닌 학생인데?"

"그…… 그렇지."

"그 후에 어떻게 될지는, 뻔하지?"

그다음은 정해진 순서대로 가는 것이다.

장관은 자신이 사람을 구했다는 것을 적극적으로 어필하기 위해 움직일 테고, 기자들은 그 뉴스를 받아 적을 것이다.

"내가 뿌려도 되기는 하지만, 그러면 조작하는 티가 너무 나잖아?"

"헐…… 너, 은근 무섭다. 도대체 언제부터 그 생각을 한 거야?"

"미래가 다리에서 하자고 할 때부터."

건물은 안전하다. 그냥 끝에 서 있다가 뒤에서 다른 사람이 구했다고 하면 그만이다.

적당히 아래에서 사진만 찍으면 기사로 낼 수 있다.

"하지만 확실히 이게 임팩트가 있지. 더군다나 이 사실을 안 장관, 그것도 교육부 장관이 그냥 있겠어?"

그걸 방치한 학교에 피바람이 불게 되는 건 당연한 일이다.

"올라간다."

교각으로 올라가서 꼭대기로 가려고 하던 미래는 순간 당황했다.

중간에 롤러가 있어서, 그걸 붙잡고 올라갈 수가 없었기 때문이다.

다닥다닥 붙어 있는 롤러는 사람이 올라가려고 하면 자연스럽게 돌아가도록 만들어져 있다.

당연히 틈도 없어서, 손을 넣어서 잡고 올라갈 수도 없었다.

"때마침 저기 오네."

미래가 거기에 올라가자 옆을 지나가던 차들이 다급하게 멈추더니 사람들이 미래를 구하기 위해 달려가기 시작했다.

그리고 그중에는 다름 아닌 장관도 있었다.

"학생! 진정해!"

교육부 장관은 애써 침착하게 말하면서 다가가기 시작했다.

"무슨 일 때문에 그러는지 모르지만 자살은 좋은 생각이 아니야……."

"어, 저기……."

미래는 손으로 진정하라는 표시를 하면서 다가오는 장관의 말에 할 말이 없었다.

일단 다리에 올라가서 자살하는 시늉이라도 해 보려고 했는데 롤러 때문에 더 이상 올라갈 수가 없었다.

그래서 위치상으로 보면 그녀는 상당히 안전한 자리에 있었다.

그런데 무슨 엄청나게 위험한 자리에 있는 것처럼 저렇게 말하다니.

"가족을 생각해야지."

그걸 아는지 모르는지 장관은 조심스럽게 다가왔고, 그 뒤에서는 몇몇 사람들이 사진을 찍었다.

'내려가야 하나?'

자살 시도를 하러 왔는데 올라가지도 못한다는 사실이 왠지 쪽팔리기도 하는 그녀였지만, 또 이제 와서 내려가자니 왠지 그것도 쪽팔리는 느낌이었다.

"전……."

"자, 자…… 이쪽으로 와. 나 이상한 사람 아니야."

누가 봐도 이상한 사람인 것처럼 다가오는 장관을 물끄러미 바라보는 미래.

"……."

"자, 자! 진정하고……. 나 교육부 장관이거든. 그러니까, 내가 다 들어줄 테니까 진정하고……."

교육부 장관은 눈앞에서 벌어질 참사를 막기 위해 진땀을 흘렸다.

교육부 장관이 눈앞에서 자살하는 학생을 방치했다는 식의 기사가 나가면 그의 정치적 생명은 끝장이었다.

그의 자리에서는 롤러가 보이지 않았기 때문에 이 어린 학생이 당장이라도 더 위로 올라가서 뛰어내릴 것 같았던 것이다.

그사이 경찰과 구조대 그리고 기자들까지 달려왔다.

"어……."

미래는 고민하다가 저 멀리에서 손짓하는 손채림을 발견했다.

그게 무슨 뜻인지 알아차린 그녀는 조심스럽게 거기서 내려왔고, 장관은 잽싸게 그런 그녀를 붙잡았다.

"잡았다! 잡았어!"

그 뒤에서 열심히 터지는 카메라 플래시.

"헐."

손채림은 멀찌감치에서 그걸 보면서 혀를 내둘렀다.

진짜로 올라가지도 못한 채로 그냥 안전한 위치에서 모든 게 끝난 것이다.

"이게 끝이야?"

"끝이지. 이후에는 장관이 알아서 해 줄 거야."

노형진은 씩 웃으면서 말했다.

그날 저녁, 인터넷 뉴스에서부터 교육부 장관이 자살하려던 여중생을 구했다는 뉴스가 사방팔방으로 퍼져 나가기 시작했다.

물론 그저 말을 몇 마디 건 것뿐이지만 자신의 치적을 위해 마치 아주 위험한 상황이었던 것처럼 꾸민 것이다.

그리고 그 불똥은 노형진이 예상한 그대로 튀기 시작했다.
"지금 그걸 말이라고 합니까!"
쾅 소리가 나도록 탁자를 두들기는 장학사.
그리고 그런 장학사 앞에서 진땀을 흘리는 교장.
"그게…… 저기……."
"몰랐다? 지금 애가 자살 직전까지 몰려서 다리 위에 올라갔는데, 몰랐다는 말로 변명이 될 거라고 생각하세요!"
"아니, 그게……."
"장관님 아니었으면 갠 죽었어요! 알아요!"
"……."
구해 준 사람이 하필이면 장관이다. 그것도 교육부 장관.
그러니 불똥이 학교에 튀지 않으면 그게 더 이상한 거다.
"내일, 아니 오늘부터 학교를 대대적으로 감사할 테니까 각오해요!"
"헉! 장학사님, 저희는 진짜로 몰라서……."
"그 애의 말은 다르던데요? 구해 달라고 했는데 방법이 없으니 가라고 했다면서요!"
"……."
"자세한 건 조사해 보면 알겠지요."
장학사는 교장의 영혼까지 털어 낼 속셈이었고, 그걸 깨달은 교장은 그저 울고 싶을 뿐이었다.

⚖

"피의자 최유정은 자신의 범죄 사실에 대해 인정합니까?"

재판정에서 천종관은 눈앞에 있는 최유정을 바라보았다.

"아니에요, 흑흑……. 전 절대로 그런 의미에서 그런 게 아니에요, 흑흑."

"하지만 같은 반 학우들의 진술서는 이야기가 다르던데요?"

"그건 그 애들이 거짓말하는 거예요. 전 진짜 바르게 살았다고요. 전 전교에서 3등을 할 정도로 모범생인데 그런 짓을 할 리 없잖아요!"

눈물까지 흘리면서 말하는 최유정.

하지만 천종관은 그런 그녀의 모습이 가증스러울 뿐이었다.

'그렇지. 내가 저런 꼴 한두 번 보냐.'

말로는 잘못했다고 하지만 반성은 하지 않는다. 그저 재수 없게 걸렸을 뿐이다.

'네가 그렇게 나오면 나도 별수 없다 이거지.'

천종관은 노형진과 만났던 일이 생각났다.

"어차피 이건 형사사건이라 제가 뭘 어떻게 할 수는 없잖아요? 그러니까 부탁드리려는 거죠."

"부정 청탁은 안 받는다. 아무리 나라고 해도 없는 죄를 만들어 뒤집어씌울 수는 없어."

"알아요. 그러니까 부탁하는 겁니다, 형님 좀 곤란해지라고."

거기까지 생각하던 천종관은 씁쓸하게 미소를 지었다.

'썅노무 시키. 머리는 좋아 가지고.'

천종관의 성격을 아는 노형진은 그를 슬쩍 흔들어 놨고, 천종관은 그것에 휘말릴 수밖에 없었다.

'망할 놈, 다음번에는 삼겹살로 안 끝난다. 한우는 얻어먹어야 해.'

그는 이를 박박 갈면서도 속으로는 살짝 고소한 기분이 들었다.

'이참에 못을 박아 두면 다른 녀석들도 찍소리 못 하겠지?'

이미 이 판결은 끝난 것이나 마찬가지다.

어차피 미성년자라 그다지 강한 판결은 못 내린다. 잘해봐야 5호 처분 정도? 장기 보호관찰을 하는 것이다.

그리고 저 깜찍한 여자애가 또 그 짓거리를 할 건 안 봐도 비디오다.

'그래, 내가 한 번만 넘어가 주마, 썅놈의 시키.'

그렇게 생각하면서도 사실 천종관은 자신의 복수도 겸하고 있었다.

그렇지 않다면, 하지 않아도 될 말을 이렇게 굳이 할 필요는 없기 때문이다.

"피의자 최유정의 아버지가 행자부 차관 맞습니까?"

"네!"

그걸 들은 최유정은 신나서 외쳤다.

'역시 아버지 백이 작동하는구나. 윤보라, 황미래, 이 썅년들! 돌아가면 죽었어.'

그녀가 아무리 머리를 쓴다고 해도 결국은 중학생이다.

그러니 자기 딴에는 아버지가 무서워서 그렇게 확인한 거라 생각했다.

하지만 애석하게도 천종관은 그가 무서워서 그런 게 아니었다.

"본 사건은 개인적 사정으로 인하여 더 이상 본 판사가 재판을 진행할 수 없는 점이 확실하므로 다음 판사가 내정될 때까지 사건의 진행을 정지시킵니다. 다음 판사가 내정된 후 사건은 진행될 것입니다."

"헐?"

"뭐야?"

뒤에 서 있던 기자들은 그 말을 듣고는 순간 어리둥절했지만, 아까 천종관이 했던 말을 들은 기자들의 머릿속에서는 한 가지 가능성이 떠오르고 있었다.

⚖

"저는 아무런 압력도 넣지 않았습니다! 판사님도 사건을 거부한 이유가 담당 변호사와 개인적 관계가 있어서 그런 거라고 해명하지 않았습니까!"

최유정의 아버지는 어떻게 해서든 상황을 풀어 보고 싶었다. 하지만 그럴 수가 없었다.

"그런데 왜 판사님이 피의자의 부모의 신분을 확인한 거죠?"

"그거 말고 다른 이유가 없지 않습니까?"

"아, 글쎄, 전 모른다니까요!"

"한마디만 해 주십시오!"

그는 어떻게 해서든 그곳을 벗어나고 싶었지만 기자들은 집요하게 달라붙었다.

그때 먼 곳에서 그들을 바라보던 노형진은 보고 있던 사건 서류철을 탁 소리가 나게 덮었다.

"끝!"

"진짜 끝난 거야?"

"그렇지. 이제 저쪽에서 쓸 수 있는 카드는 이미 다 막혔거든."

구해 준 사람이 장관인지라 전국으로 소문이 다 났다. 그래서 범죄를 감출 수도 없는데 천종관의 마지막 질문 덕분에 최유정의 아버지가 압력을 넣었다고 생각하는 기자들이 그 부분을 집요하게 파고들고 있었다.

물론 아무리 최유정의 아버지가 차관이라고 해도 압력을 지금 넣는 것은 위험한 일이다. 다른 사람도 아닌 장관이 끼었기 때문이다.

"하지만 뉴스에서는 그렇게 안 보이지, 후후후."

누가 봐도 판사가 압력에 굴해서 판단을 못 하겠다 생각해서 뒤로 물러난 것이다.

"재판장님을 속인 거 아냐?"

"어, 속인 거 아니야. 어차피 선배는 이거 내 사건이라고 하면 물러날 거거든."

약간은 고지식한 타입인 만큼 자신과 친밀한 변호사가 담당이라고 하면 그는 물러난다.

"그래서 그냥 저 질문 하나만 해 달라고 했지. 어차피 이건 형사사건이라서 우리가 할 수 있는 건 딱 여기까지니까."

"헐……."

"질문 하나의 무게가 어마어마하지?"

공식적으로 그가 위에다 언급한 것은 노형진과의 친분이고, 그건 위에서도 납득할 만한 일이었다.

그러나 저 질문 때문에 언론에는 마치 다른 이유가 있는 듯 비쳤고, 그 근본이 된 최유정의 아버지는 혹독한 대가를 치르게 될 게 뻔했다.

"딸은 범죄를 저지르고 부모는 그걸 덮으려고 했다면, 과연 어떻게 될까?"

"최소한 감봉이겠지."

그리고 차관급의 고위 공직자들에게 감봉이라는 처벌은

생각보다 무섭다.

단순히 돈을 받지 못하는 게 아니라 차관급이 감봉을 당하면 사실상 승진은 물 건너가는 셈이고, 특히 교육부 장관이나 유민택같이 정재계 인물까지 섞여 있는 사건인 경우 그들이 말하지 않는다고 해도 한직 확정이다.

아마 조만간 좌천되어서 어지 지방에 처박혀서 나오지 못하는 인생이 될 게 뻔했다.

"딸 잘못 둬서 인생 꼬였네."

"뭐, 철 밥통 공무원이니 잘리지는 않겠지. 하지만 이제 승진은 꿈도 못 꿀걸."

노형진은 다급하게 도망치는 행자부 차관을 보면서 미소지었다.

얼마 후 판결이 나왔다. 예상대로 5호 처분. 그리고 강제전학.

"조금 불만족스럽지?"

노형진은 윤보라에게 물었다. 하지만 윤보라는 고개를 흔들었다.

"이 정도면 충분해요. 사실 포기하고 있었으니까."

"그래?"

"네. 변호사님 아니었으면 방법도 없이 친구 자살할 뻔했다니까요."

"하하하, 뭐, 다행이기는 하네."

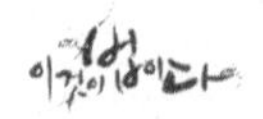

더 이상 피해자가 생기지 않으리라는 것은 다행한 일이다.

"최유정은 다른 학교에 갔는데 은따당하나 봐요. 우리한테 한 정도는 아니고, 그냥 애들이 상대를 안 해 준대요."

"어떻게 알아?"

"말했잖아요, 우리 보육원 크다고. 우리 학교에만 다니는 거 아니거든요."

노형진은 대충 알 것 같았다.

"친해지려고 하지 않겠지."

범죄자로 찍혀 있고 또 무슨 짓을 했는지 소문이 다 난 상황에서 누가 최유정과 친해지려고 하겠는가?

"이제 어쩔 거야?"

"뭘요?"

"이제 네가 여왕벌이잖아?"

"아, 그거요? 그냥 다른 거 한번 해 보려고요."

"다른 거?"

"네? 여왕벌이 공식 직함은 아니잖아요?"

윤보라는 자신의 미래에 대해 이번에 많이 생각했고, 방향을 정확하게 잡았다.

그리고 그걸 위해서는 새로운 길을 갈 필요가 있다는 것도 인식하고 있었다.

"학생회장에 도전해 볼까 해요."

"학생회장에?"

"네. 여왕벌이라는 어감도 안 좋고, 그년 꼴 날까 봐 걱정도 되고."

"좋은 생각이기는 하네."

합법적으로 학생들을 대표하겠다는 건 결코 나쁜 행동이 아니다. 아니, 도리어 권해 줘야 하는 행동이다.

"학생회장이 학교 폭력에 반대하면 박멸하는 건 어려운 일이 아니지."

"새로 바뀐 교장 선생님은 그쪽으로는 치를 떨 것 같은데요?"

"하하하."

전임 교장은 결국 모든 책임을 지고 해직당했다. 책임자였던 선생님들도 일부 징계를 받았다.

위에서 내려온 분노는 생각보다 더 큰 파괴력을 가졌던 것이다.

"다만 미래는 당분간 더 정신과 치료를 받아야 할 것 같지만."

"그렇겠지."

이러한 정신적 고문은 쉽게 해결될 문제가 아니다.

"하지만 일단은 더 이상 괴롭힘은 없으니까 나아지지 않겠어요?"

"그래야지……. 그래야 할 텐데."

지금의 상처가 얼마나 큰지 알고 있는 노형진은 그렇게 말하는 것 말고는 아무런 말도 할 수가 없었다.

아마도 은따의 상처는 오래갈 것이고 평생에 걸쳐서 영향을 줄 것이다. 아직은 이 아이들이 모를 수밖에 없는 현실의 문제였다.

"그래야지."

노형진은 그 말을 마법처럼 중얼거릴 뿐이었다.

쌍방이라니

"역시 술은 나한테 영 안 맞아."

노형진은 툴툴거리면서 거리를 가고 있었다.

노형진은 술을 별로 안 좋아한다. 그래서 마셔도 기껏해야 와인 한두 잔 아니면 맥주 한 잔 정도다.

하지만 회식이 있거나 그런 경우는 어쩔 수 없이 참석해야 한다.

그리고 한국의 문화상 그런 회식 자리에 술이 안 낄 수가 없다.

강제로 마시라고는 하지 않지만 술을 좋아하지 않으니 당연히 술자리도 별로일 수밖에.

"이제 날씨가 슬슬 더워지네."

밤인데도 불구하고 살짝 더운 듯한 날씨.

다른 사람들은 이런 날씨에 시원한 맥주 한 잔이 당기겠지만 노형진은 시원한 콜라 한 잔이 더 그리웠다.

"무슨 놈의 술집에 콜라가 없어?"

사실 술을 안 먹으니 분위기라도 맞춰 보려고 콜라를 시켰는데 콜라가 다 떨어졌다는 황당한 답변에, 노형진은 직접 콜라를 사러 바깥으로 나온 것이다.

"응?"

노형진이 그렇게 바깥으로 나와서 콜라를 사 들고 가려고 하는 찰나, 좀 떨어진 곳에서 경찰과 사람들이 웅성거리는 것이 보였다.

"뭐지?"

경찰이 있다는 것은 법적인 문제가 생겼다는 뜻이기 때문에 노형진은 호기심이 생겨서 가 보았다.

경찰이 그곳에 있던 사람들을 경찰차에 강제로 태우는 모습이 보였다.

"무슨 일인가요?"

노형진처럼 구경하러 온 사람들이 많았기 때문에 물어보는 데에 지장은 없었고, 그 답도 금방 나왔다.

"저 덩치 큰 놈들이 사람을 팼다고 하더군요."

"사람을 팼다고요?"

"네. 그래서 경찰에 신고했는데, 둘 다 잡아가네요."

"그래요?"
노형진은 무심하게 그들을 바라보았다.
날씨가 더워지기 시작하고 맥주 같은 주류의 판매가 늘어나자 술에 취해서 싸우는 사람도 늘어나기 시작한 것이다.
"뭐야? 노 변호사, 왜 안 들어와?"
노형진이 그들을 보는 사이에 바깥으로 나온 송정한이 노형진을 뒤에서 툭 쳤다.
"아, 깜짝이야."
"뭘 그리 놀라?"
"아니, 경찰이 출동해서요."
"경찰?"
경찰이라는 말에 잠깐 멈칫한 송정한이었다. 그도 변호사로서 호기심이 든 것이다.
하지만 그 순간은 짧았다.
"그냥 나중에 알아봐, 나중에."
"네?"
"회식인데 여기까지 와서 일 찾아야겠어? 쉴 때는 쉬어야지."
"그건 그렇지요."
노형진은 그렇게 말하면서도 어쩐지 신경이 쓰여서 방금 경찰서로 간 사람들이 있던 자리를 바라보았다.
'그래, 나중에 알아보자.'
어차피 경찰서에 갔다면 그들이 알아서 할 일이라는 생각이 들었기 때문이다.

노형진은 그렇게 생각하고 다시 안으로 들어갔다.

하지만 영 불안한 느낌 때문에 자리에 그냥 있을 수가 없었다.

“왜 그러나?”

“아니요, 아까 그곳에서 뭔지 이상한 느낌이 들어서요.”

“이상한 느낌?”

“네. 이상하게 뭔가 켕기는 느낌이랄까?”

“거기에 무슨 사건이 있었는데?”

“뭐, 폭행이라는 것 같던데.”

“흠…….”

송정한은 노형진의 말에 잠깐 고민했다. 그러다가 다시 그를 보면서 고개를 끄덕거렸다.

“영 켕기면 한번 가 보는 것도 나쁘지 않지. 변호사가 오는 손님만 받으라는 법은 없으니까.”

“그건 그렇지요.”

“어차피 1차는 파하는 분위기고.”

새론은 절대 술을 강제로 먹이지 않는다. 그래서 1차가 끝나면 가고 싶은 사람만 2차를 간다.

그리고 술을 먹지 않는 노형진은 대부분 1차에서 빠진다.

그러니 슬슬 빠져도 이상할 게 없는 시점이기는 했다.

“그래도 될까요?”

"어쩌겠어. 자네가 이상하다고 하면 뭔가 이상한 거니까."

아무리 술을 먹었다고 해도 송정한은 노형진을 믿고 있었다.

"한번 가 봐. 뭐 재미있는 사건이 있으면 물어 오고."

"네."

노형진은 다른 사람들에게 사정을 설명하고 회식 장소를 빠져나왔다. 그리고 택시를 타고 가서 경찰서로 향했다.

경찰은 구역별로 출동하기 때문에 그들이 어디로 갔을지 추측하는 것은 어려운 일이 아니었다.

도착하는 순간 경찰서에서 누군가가 나오는 모습이 보였는데, 폭행했다던 그 사람들이었다.

'어?'

노형진은 그들의 상태를 보고 고개를 갸웃해야 했다.

아까 그들은 분명 멀쩡한 모습으로 경찰서로 가기 위해 움직이고 있었다. 경찰차가 한 대뿐이었기 때문에 택시를 잡고 간다면서 분주하게 움직였던 것이 기억난다.

'그런데 왜 꼴이 저래?'

옷이 찢어지고 머리가 헝클어진 상태로 나오는 그 모습에 노형진은 고개를 갸웃했다.

'역시 뭔가 있어.'

자신의 신경을 거스르던 뭔가가 확실히 있다는 것을 느낀 노형진이 안으로 들어가자 그를 반긴 것은 거친 고함 소리였다.

"아니, 난 한 대도 안 때렸다니까요!"

"거참, 저쪽에서 때렸다잖아!"

"아니, 내가 왜 저쪽을 때려요! 아니, 애초에 때릴 수 있는 상황이냐고요!"

저쪽은 이쪽보다 사람도 많고 덩치도 더 크다. 그런데 자신들이 때렸다니.

"너희들 손모가지에 달린 그건 그럼 손이 아니고 수저냐?"

"형사님!"

"일단 이름 대! 이름!"

다짜고짜 진술하라면서 소리를 지르는 형사와 억울한 듯 자기 가슴을 두들기는 두 사람.

때마침 경찰서에 들어선 노형진은 그걸 보고 고개를 갸웃했다.

'뭐지?'

윽박을 지르는 경찰과 열통 터져서 팔짝거리면서 뛰는 사람들.

그들은 아까 싸웠다면서 경찰차에 태워져서 가던 그 사람들이었다.

"그냥 인정하고 집에 가지? 저쪽은 인정하고 깔끔하게 집에 갔잖아? 왜 거짓말을 해서 사람을 귀찮게 해?"

"전 건드리지도 않았다니까요!"

"구라 치지 말고 빨리 불어!"

"아, 진짜!"

잔뜩 멍이 든 두 사람이 아무리 항변해도 경찰은 요지부동이었다.

그때 보다 못한 노형진이 슬쩍 그들의 사이에 끼어들었다.

"무슨 일이십니까?"

"넌 뭐야?"

노형진은 슬쩍 자신의 신분을 밝히려다가 말을 아꼈다.

이런 인간들은 자신이 변호사인 걸 알면 돌변하기 때문이다.

"그냥 민원인인데요."

"그럼 꺼져. 바쁘니까. 야, 빨리 이름 안 대?"

"아오, 진짜!"

두 사람은 억울해 죽겠다는 표정이었다.

결국 형사에게 대답을 들을 수 있을 것 같지 않다는 생각이 든 노형진은 고개를 돌려서 조사 중인 두 사람을 바라보았다.

"무슨 일인지 알고 싶은데, 혹시 말씀해 주실 수 있나요?"

"아니, 우리는 때리지도 않았는데 우리보고 때렸다잖아요. 우리는 맞기만 했다고요!"

답답한 듯 말하는 두 사람.

그런데 그 뒤에 있던 다른 형사가 비웃듯이 말했다.

"증거 있어?"

"뭐라고요?"

"증거 있느냐고. 증거 없잖아? 그리고 저쪽은 맞았다고 하고. 그러면 쌍방 폭행이지, 안 그래?"

"그게 어떻게 쌍방이 됩니까? 없는 증거를 어떻게 만들라고요?"

답답한 듯 말하는 두 사람.

형사의 말을 듣고 노형진은 씁쓸하게 웃었다.

'어쩐지 이상하더라.'

아까 전 자신이 처음 봤을 때는 그들은 멀쩡한 모습으로 택시를 탔다.

그런데 경찰서 앞에서 본 그들은 잔뜩 다치고 흐트러진 모습이었다.

'뭐가 켕기는가 싶더니.'

아마도 본능적으로 증거를 조작하려는 분위기를 느꼈던 것이리라.

그리고 딱 봐도 이건 이들이 피해자였다. 하지만 여기서 섣불리 이들을 편들어 줄 수는 없었기 때문에 노형진은 슬쩍 그들을 찔러봤다.

"쌍방요? 이런, 이런…… 똥 밟으셨네요."

"쌍방 아니라고요! 우리는 맞았다고요!"

"그쪽에서도 맞았다잖아!"

"제 친구가 말했잖아요! 우리만 맞았다고!"

"네놈 친구들을 어떻게 믿어!"

딱 보니 증인도 있는데 그냥 쌍방으로 몰아붙이는 모양이었다.

'이건 뭐 한두 번 당하는 게 아니니.'

보다 못한 노형진은 결국 다시 끼어들었다. 이 상태로는 도무지 끝날 것 같지 않았기 때문이다.

"영상이 찍힌 카메라는 없어요?"

"없다네요. 돌아 버리겠습니다."

"증인은?"

"증인은 아까도 말했다시피 제 친구가……."

"아, 거, 넌 뭔데 자꾸 끼어들어! 바빠 죽겠는데!"

노형진이 자꾸 끼어들자 버럭 화를 내는 경찰. 그리고 그런 노형진 뒤로 와서 서는 다른 사람들.

그들은 전형적으로 노형진에게 겁을 주기 위해 자리를 잡기 시작했다.

'얼씨구, 잘하는 짓이다.'

노형진은 그들을 무시하면서 계속 질문을 던졌다.

"증인이 있다고 말했습니까?"

"했지요. 인정을 안 해 줘요. 증인이 친구거든요. 거기에다 때마침 자리에 없어 가지고……."

'이건 뭐 답이 없구먼.'

쌍방이란 두 가지 문제 때문에 생기는 우리나라 특유의 범죄 사항이다.

하나는 정당방위, 아니 자기방어 자체를 인정하지 않는 대한민국 법률계의 정책.

그리고 하나는 일하기 싫어서 대충대충 하려고 하는 경찰의 나쁜 버릇 때문이다.

쌍방으로 처리하면 그냥 양쪽 다 진술서 정도만 받아서 올리면 된다. 하지만 일방으로 올리는 것은 일단 양쪽 진술을 현장에 가서 확인하고 다른 증인을 찾아야 하고, 또 여러 가지 가능성까지 따져야 한다.

즉, 쌍방이 아닌 일방으로 처리하려면 업무 시간이 최소 열 배 가까이 차이가 나는 터라 경찰은 그 귀찮음 때문에 그냥 쌍방 폭행으로 몰아가는 것이다.

'쌍방이라……. 하긴, 이것도 한 번은 해결해야 하는 사항이니까.'

노형진은 이들이 의뢰한다면 자신이 해결하기로 했다.

사실 쌍방 폭행으로 몰아가는 것은 흔하게 벌어지는 일이고 골치 아픈 사건 중 하나이기도 했다.

체계화된 대응 방법이 없고, 또 대상이 경찰이다 보니 다른 변호사들도 적극적으로 하려고 하지 않아서 억울한 경우가 많은 것이 사실이다.

"그런데 아까 때릴 수가 없는 상황이라고 하던데, 무슨 말입니까?"

"저희는 고작 두 명이고 저쪽은 다섯 명입니다. 더군다나 저희는 한국대 법대 다니고 저쪽은 매경대 유도부라고요. 그 상황에서 우리가 어떻게 팹니까?"

"어떻게 아셨습니까?"

"아까 술집에서도 사소한 시비가 있었어요. 그런데 수적으로도 그렇고 싸움이 안 되니까 우리가 피한 건데 따라온 거라고요! 아, 돌아 버리겠네."

한국대면 한국 최고로 유명한 대학이고 또 커트라인도 높은 대학이다. 그리고 매경대는 한국에서 체육 쪽으로는 제법 유명한 대학이다.

당연히 양측은 각자 특징이 있는데, 바로 한국대에는 속된 말로 싸움 한번 안 해 보고 공부만 한 샌님들이 모인다는 점이고 매경대에는 전문 선수들이 주로 모인다는 점이다.

그런데 한평생 운동부에서 운동만 한 사람을 공부만 한 샌님이 팬다?

"술집에서 시비가 붙었는데 상대방이 일방적으로 폭행을 가했다고요. 상대방은 다섯 명이고 이쪽은 두 명이었는데요."

"그런데요?"

"저항도 못 해 보고 맞기만 했는데 경찰은 쌍방이라고 그러잖아요!"

억울한지 자기 처지를 말하는 학생들.

그러자 결국 형사가 벌떡 일어나서 소리를 질렀다. 자꾸 캐묻는 노형진이 귀찮아진 것이다.

"너 뭐야, 이 새끼야!"

"저 말입니까?"

"그래, 이 새끼야! 왜 수사를 방해해!"

"하지만 이분들의 말을 들어 보면 상당히 편파적인 수사가 진행되고 있는 것 같은데요."

"허! 이 새끼 봐라? 야, 이 새끼야! 수사를 내가 하지, 네가 하냐? 응? 네가 경찰이야? 네가 경찰이냐고! 너 진짜 업무방해로 콩밥 한번 처먹어 볼래?"

버럭버럭 소리를 지르는 경찰을 보면서 노형진은 더 이상 자신의 신분을 감출 필요가 없다는 생각이 들었다.

더 감추면 자신을 쫓아낼 가능성이 높기 때문이다.

"저요? 경찰은 아니고 변호사입니다."

노형진은 자신의 명함을 꺼내서 경찰에게 건넸고, 그걸 받아 든 경찰은 얼굴이 사색이 되었다.

"자, 일단 몇 가지 확인해 보겠습니다. 이분들, 현행범입니까?"

"그건……."

"폭행 장면을 보셨거나, 확실하게 증거를 가진 사람 있습니까?"

"아니……요……."

변호사라는 말에 바로 존대로 대우가 바뀌는 경찰들.

노형진은 그들에게 차분히 묻기 시작했다.

"그러면 여기에 온 건 참고인이자 고발인으로서 오신 거네요."

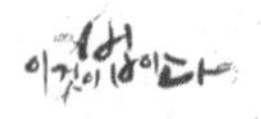

"그건…… 그렇지요?"

일단 신고해서 온 건 맞다.

"그 후에 상대방이 갑자기 이쪽에 맞았다고 주장하기 시작했고요."

"……."

말은 안 하지만 안 봐도 비디오였다.

'한두 번 보냐?'

두들겨 팬 녀석들은 일단 자기 잘못이 있으니 경찰서까지는 조용히 온다.

그 후에 자기 죄를 감추기 위해 상대방에게 맞았다고 주장하고, 경찰은 그걸 이용해서 실적을 올리고 사건을 빠르게 진행시키기 위해 쌍방으로 몰아간다.

"그래서 이분들의 신분은 뭡니까?"

"그게……."

애매하다.

일단 체포된 것도 아니지만, 그렇다고 영장이 나온 것도 아니다.

"일단 고발은 들어왔습니다만, 아직은 참고인 신분이군요."

"그……게…… 말입니다."

"그리고 체포한다고 치시면, 미란다법칙은 고지하셨습니까?"

"아직 안 했습니다. 정식으로 체포된 게 아니라서요."

"그러면 체포된 것도 아닌데 범죄자로 취급하면서 진술을 강요하셨네요?"

"아니, 그게 아니라……."

땀을 뻘뻘 흘리는 경찰.

방금 전까지만 해도 노형진과 피해자 두 명 뒤에서 압력을 주던 경찰들은 도움을 요청하는 그 경찰의 시선을 피해서 이미 어디론가 도망간 후였다.

"고발은 들어갔겠지만 체포입니까, 아니면 동행입니까?"

"그게…… 동행……입니다……."

긴급체포는 현행범이거나 명백하게 증거를 훼손할 상황에나 가능한 것이다. 그런데 현 상황에서는 어느 쪽도 아니다.

"그러면 참고인인데 왜 진술을 강요하십니까?"

"수사를 하다 보면……."

"네, 아까 말씀하셨지요, 수사는 경찰이 한다고. 그리고 경찰이면 아무리 참고인이라고 해도 변호사의 동석 권리 정도는 말해 줄 수 있는 건데, 말하셨습니까?"

"……."

했을 리 없다.

"참고인의 권리에 대해서도 말씀 안 하셨다. 그러면 이거 불법 수사인 거 인정하시죠?"

"불법은 아니고……."

"영장도 없이 사람을 체포하고 변호사가 동석하지 않은 상태에서 취조했으며 미란다법칙도 고지하지 아니하였고 참고인인지 아니면 피의자인지도 확실하지 않은 게, 어떤 부분에서 불법 수사가 아니라는 거죠?"

"……."

"제가 뭐 빠트린 거 있습니까?"

경찰은 아무런 말도 하지 못했다. 그의 머릿속에서는 오로지 씨발이라는 욕만 돌아다니고 있었다.

매일 하던 일인데 하필이면 오늘따라 경찰서에 변호사가 있을 줄이야.

"자, 그러면 여기 참고인 및 고발인들은 가도 되는 거죠?"

"그게……."

"왜 안 됩니까? 조사는 끝난 것 같은데요?"

"수사가 아직……."

"그러니까 수사는 경찰이 하시는 거라면서요? 정식으로 과정을 밟으세요. 기일 잡으시고 출두 요청서 발송하시면 조사에 응하겠습니다. 아, 미란다법칙 미고지에 대해서는 정식으로 경찰청에 항의하겠습니다. 두 분, 가시죠."

노형진은 당황해서 어쩔 줄 몰라 하는 경찰을 놔두고 두 사람을 일으켰다.

그러자 멍하니 있던 법대생들은 화들짝 놀라서 일어났다.

"가…… 가도 됩니까?"

"법적으로 경찰이 여러분들을 잡아 둘 방법은 없습니다. 더군다나 고발한 상대방은 이미 사라진 것 같은데요?"

이 난리를 치고 있는데 상대방이 나타나지 않는다는 것은 이미 집으로 가 버린 후라는 뜻이 된다.

'그렇다는 건, 그냥 편하게 쌍방으로 몰기 위해 잡아 뒀다는 말이지.'

"주소랑 그런 거 다 아니까 시간 정해서 출두 기일을 발송해 주십시오."

노형진은 그들을 데리고 바깥으로 나왔고, 두 학생은 엉겁결에 따라 나오다가 정신이 퍼뜩 들어 감사 인사를 했다.

"감사합니다, 변호사님. 감사합니다."

"감사는 무슨. 이제 사건은 시작인데. 그나저나 법대 다니는 사람이 그렇게 패닉에 빠지면 어쩌자는 겁니까?"

"그게⋯⋯ 당사자가 되니까 어쩔 줄 모르겠더라고요."

머리를 북북 긁으면서 민망해하는 두 사람.

"원래 이론과 법은 전혀 다른 겁니다. 판사를 하든 검사를 하든 변호사를 하든, 절대로 흥분하지 않고 이성을 지키는 게 중요합니다."

"감사합니다."

"그나저나 이제 어쩔 겁니까?"

"그게⋯⋯."

일단 현장에서 나오긴 했지만 솔직히 문제가 해결된 건 아니다.

정식으로 쌍방 폭행으로 고발된 이상 사건은 진행될 테니,

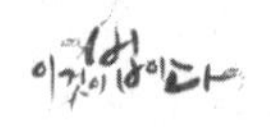

그에 대한 대응을 해야 한다.

“하아, 모르겠습니다. 이론만 배웠지…… 이런 경우는 어떻게 해야 할지…….”

교수들에게서 한국 경찰이 쌍방으로 몰아가는 경우가 많다는 소리는 들었지만 설마 자신들이 그 대상이 될 거라 생각하지 못한 두 사람은 어쩔 줄 몰라 했다.

“아직 2학년이라…….”

“선배로서 말하자면, 법은 법조문이 아니라 경험에 관련된 판단이 더 중요하다고 말해 주고 싶네요.”

“그건 그런데…… 저희는 경험이 없어서…….”

노형진은 품에서 뭔가를 꺼내 들었다.

“그래서 변호사가 있는 겁니다. 오랜만에 영업하는 기분이군요. 노형진 변호사입니다.”

노형진은 명함을 건네면서 싱글싱글 웃었다.

⚖

“쌍방이라…….”

손채림은 사건 기록을 보면서 고개를 절레절레 흔들었다.

“왜 그래?”

“아니, 너무 당연하다 싶어서.”

“응?”

"내가 변호사는 아니지만 쌍방에 관한 이야기는 엄청나게 많이 들었잖아."

"아, 그건 그렇지."

노형진은 손채림이 무슨 이야기를 하는지 알 것 같았다.

특정 사건의 경우는 일반인들이 알 정도로 자주 그리고 널리 알려지는데, 그중 하나가 바로 경찰의 쌍방 처리다.

"한국에 살면서 그 소리 한번 안 들어 본 사람이 있을까?"

"그건 그래. 아마 살면서 자기 스스로 겪은 사람은 많지 않더라도 그 소리를 들었던 사람은 많을걸."

가해자는 폭행이 걸리면 일단 쌍방으로 몰아붙인다. 그래야 자신의 처벌이 약해지기 때문이다. 최소한 쌍방이라고 서로 합의하고 퉁 칠 수도 있고 말이다.

경찰은 그런 가해자의 말을 모른 척 받아들인다. 쌍방으로 걸면 일단 1타 2피로 실적이 두 배가 되는 데다가 일방의 경우보다 더 일할 거리는 적어지는 탓이다.

피해자 측에서 화가 나지만 쌍방으로 가면 일단 자기도 귀찮으니 취하하는 경우도 많고.

그래서 걸리면 일단 무조건 쌍방으로 처리하는 경찰의 방식은 많은 불만을 불러왔지만 도무지 고쳐지지 않았다. 비유하자면 악질적인 무좀 같은 것이다.

"그렇다고 징계할 수도 없고."

업무상 배임으로 하려면 경찰이 다른 목적을 가지고 일해

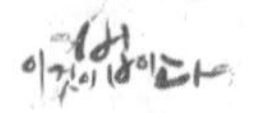

야 한다. 그런데 단순히 일하기 귀찮은 것이기 때문에 현행 법상 어떠한 법에도 해당되지 않는 것이 현실.

"그러고 보니 왜 우리한테 이 사건이 안 온 거지? 그렇게 억울한 거면 보통은 오지 않아? 더군다나 딱히 방법이 있는 것도 아니고."

손채림은 말하다가 그런 생각이 문득 들었다.

이렇게 흔하게 벌어지는 사건이고 피해자가 많다면 자신들에게 한 번은 왔어야 한다는 것 말이다.

"혹시 나 오기 전에 해결한 거야? 하지만 그런 방법은 없던데."

"그렇지, 없지. 왜냐하면 해결한 적이 없으니까."

"응?"

"일방적으로 쌍방 폭행으로 넘길 때는 경찰이 꼼수를 쓰거든."

"꼼수?"

"그래. 아니, 꼼수까지는 아니지만, 뭐 방법론적인 거라고 해야 하나?"

일단 쌍방으로 몰아가는 사건은 절대로 큰 사건이 아니다. 누군가 장기 입원을 한다거나 장애가 남는다거나 하는 사건은 쌍방으로 안 넘긴다.

"그렇게 되면 정식 재판으로 넘어가거든. 당연히 피해자들은 실형이 나올 판국이니 필사적으로 싸울 테고. 그러면 변호사들이 증거를 다 확인해. 그렇게 되면 경찰의 부실 수사가 드러나니까 아무래도 부담스럽지."

정식 재판이 되면 상대방 변호사나 판사가 일일이 다 검사하는데 그 와중에 제대로 된 증거가 없으면 문제가 되기 때문이다.

"그래서 쌍방으로 처리하는 사건은 대부분 애매한 사건들이 많아. 벌금 정도지. 그런데 피해자의 입장에서는 애매한 게 바로 그거야."

벌금은 100만에서 150만 원 정도. 아무리 많아도 300만을 넘지 않는다.

"그런데 변호사를 사려면 300만 원이지."

"큭."

거기까지 들은 손채림은 바로 알아들었다.

300만 원을 내고 무죄를 받을 것이냐, 아니면 벌금 100만 원 내고 말 것이냐의 문제.

"거기에다가 이 정도 되는 사건들은 도장 찍기로 하는 경우가 대부분이야."

"그렇기는 하네. 새론은 절대 금지지만 다른 곳은 공공연하게 벌어지는 일이니까."

"그렇지."

도장 찍기는 변호사가 많은 로펌에서 많이 쓰는 방법으로, 일단 담당 변호사를 여러 명 잡고 그들의 도장을 모조리 찍어 두는 것이다.

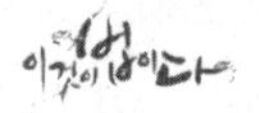

물론 그들이 다 사건에 신경을 쓰면 참으로 좋겠지만 애석하게도 현실은 그렇지 않다.

'그렇게 해서 시간 남는 놈 아무나 나가라 이거지.'

당연히 큰 사건이나 승소 후 보상 비용이 큰 사건은 그렇게 하지 않는다.

하지만 이건 최소한의 의뢰비, 거기에다가 승소 비용 자체도 없거나 아주 작다.

"그러니 변호사들은 그다지 신경을 안 써."

제대로 사건을 조사하지도 않고 그냥 피해자가 써 준 진술서를 기준으로 변론하는 것이 한계다.

당연히 검사 측 증거에 반박할 증거가 없어 판사가 검사 쪽 편을 들어 주게 되니, 사람들이 아무리 억울하다고 해도 그걸 뒤집는 것은 쉬운 일이 아니다.

"결국은 잘해 봐야 벌금 몇십만 원 깎는 정도야."

그러한 악순환이 벌써 수십 년 동안 계속되고 있다.

그래서 쌍방으로 처리하는 것에 대한 규정은 국민들 대부분이 알고 있고, 변호사까지 동원해서 싸워 봐야 의미가 없다는 생각을 하게 된 것이다.

"그래서 대부분 잘못 걸렸다고 생각해서 그냥 벌금 내고 말지."

"흠…… 아무리 그래도 제대로 싸워 본 사람이 없을까?"

"당연히 있지. 그래서 이긴 사람도 있고."

"그런데?"
"그런데 그런 사례를 널리 알릴 것 같아?"
"아!"
그걸 널리 알릴 이유도, 알려야 하는 책임도 없다. 그냥 그건 그걸로 끝나는 것이다.
"자존심을 매우 중시하거나 직업상 전과를 다는 게 치명적인 사람도 있어. 그들은 끝까지 싸우지. 문제는, 그들이 이긴다고 해도 그걸 적극적으로 알리지는 않는다는 거야."
"조직이 아니니까?"
"그래."
그들은 개인이고, 타인에게 자신의 판례를 알려 줄 이유가 없다.
"하지만 우리는 사정이 다르지."
자신들은 관련 사건을 널리 알리고 홍보하면서 해결 방법을 공유한다.
물론 새론 내부에서만 공유하기는 하지만, 그것만으로도 많은 사람들이 올 수 있다.
"하지만 여전히 문제가 있는데."
"뭐?"
"변호사비. 우리가 아무리 싸다고 해도 변호사회에서 정한 비용 이하로는 못 하잖아?"
"그건 그렇지."

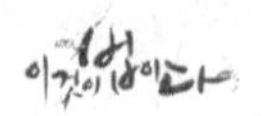

아무리 새론이 잘나간다고 해도 변호사회에서 정해진 규칙에 따라서 수임료를 받아야 하는 것이 현실이다.

"그러면 당사자의 입장에서는 결국 돈이 문제인 건 마찬가지 아냐?"

"그건 그렇지. 그런데 그걸 복구할 방법이 없는 건 아니거든."

"응? 있어?"

"그래."

"뭔데?"

노형진은 말은 하지 않고 그냥 씩 웃을 뿐이었다.

"기다려 봐. 방법은 언제나 찾을 거야, 늘 그랬듯이."

이미 노형진의 머릿속에서는 수많은 작전이 구상되고 있었다.

⚖

"경찰을 버리자고요?"

피해자인 차지성과 유관민은 노형진의 말에 깜짝 놀랐다.

"어차피 우리가 항의해 봐야 경찰이 바뀌지는 않을 테니까요."

어떻게 보면 그들은 노형진보다 후배다. 노형진이 한국 대학교 출신은 아니지만 어찌 되었건 그는 변호사고 저들은 변호사 지망생이니까.

하지만 의뢰인이기에 노형진은 그들에게 깍듯이 말을 했다.

"하지만 저희는 억울하다고요!"

"그래서 버리자는 겁니다. 저쪽은 어차피 사건을 조사할 생각이 없어요. 전에 말씀드렸다시피, 저들은 일하기 귀찮아서 그냥 사건을 넘길 생각뿐입니다."

"음……."

"문제는, 저들은 이미 자존심에 타격을 입었다는 거죠."

"그게 무슨 말씀이신지?"

"권력을 가진 집단이 가장 싫어하는 것이 바로 자신이 잘못했다고 인정하는 겁니다. 판례 한번 바꾸는 게 얼마나 힘든 일인지, 두 분 다 아실 텐데요?"

두 사람은 안다는 듯 고개를 끄덕거렸다.

사건이 벌어지기 전에도 교수님에게서 숱하게 들었던 말이다. 판례를 바꾸기 위해서는 엄청난 시간과 엄청난 노력이 필요하다고.

'그리고 그 시간은 사건을 준비하는 시간이 아니라 선대와 거리를 둘 시간이라고 했지.'

가령 작년에 판례가 잘못되었다면 다음 해에는 아무리 노력해도 그 판례를 바꾸지 못한다. 그걸 판결한 당사자가 있을 가능성이 높거니와, 설사 없다고 해도 그에게 영향을 받는 사람이 있기 때문이다.

그래서 중요한 사건의 판례를 바꾸기 위해서는 최하 10년, 보통 20년이 걸린다.

"경찰도 마찬가지입니다. 자신들이 잘못했다는 걸 인정하는 조직이 아니에요. 도리어 재수 없게 변호사한테 걸렸다고 생각하면서, 두 사람이 폭행범이라는 증거를 모으고 있을 겁니다."

"아니, 왜요?"

"그래야 자신들의 말이 정당하게 받아들여지니까요. 그리고 두 분들이 폭행범이 될 테니까."

"이 무슨……."

"현실이란 게 그런 겁니다."

공정하게 수사하는 게 아니라 자신의 치부를 감추기 위해 증거를 모을 건 뻔한 일이다.

"그런데 지금 그걸 가지고 시간을 끌어 봐야 저쪽에서는 더 독하게 증거를 모을 뿐입니다."

"음……."

"차라리 모른 척하면서 자극 안 하는 게 좋습니다."

"하지만 저희는 그 수모를 당했는데요?"

"맞습니다. 그냥 물러날 수는 없어요!"

그들로서는 억울할 만했다.

하지만 노형진이 보기에는 그들은 그저 치기 어린 싸움꾼일 뿐이었다.

"그러면 한 가지만 묻겠습니다. 두 분의 싸움의 대상은 누구지요?"

"네?"

"두 분의 싸움의 대상은 누구인지 물었습니다."

"그거야 저희를 공격한 그놈들이죠."

"그런데 왜 그놈들에게 같은 편을 만들어 주려고 하는 겁니까?"

"그게 무슨 말씀이신가요?"

"적의 적은 친구라는 말이 있지요. 두 분이 가해자들을 공격하는 것은 당연한 겁니다. 그런데 그 과정에서 그걸 조율해야 하는 경찰을 공격한다는 건, 결국 그들을 도와주는 거죠. 아닌가요?"

"아……."

두 사람은 아무런 말도 하지 못하고 입을 다물었다.

그저 단순히 화가 나서 소리만 질렀지, 그런 문제는 생각하지 못했던 것이다.

"경찰이 끼어들고, 그 자료를 바탕으로 검찰도 끼어들고, 그 후에는 법원도 그 싸움에 끼어들겠지요. 여러분들은 그 싸움에서 이길 자신이 있습니까?"

"……."

그 정도쯤 되면 대한민국에서 이길 수 있는 사람은 상당히 높은 자리에 있는 정치인뿐일 것이다.

"재판에 들어가면서 가장 먼저 정해야 하는 것은 싸움의 대상입니다. 자신이 억울하다고 자신과 적대적인 상대를 모조리 적으로 판단하는 것은 어리석은 실수입니다."

그런 실수를 하는 사람들은 생각보다 많다. 자신과 의견이 다르면 모조리 적으로 판단하는 것이다.

'나 빼고는 다 빨갱이라는 거지.'

매카시즘 역시 그러한 논점에서 시작된 것으로, 그렇게 되면 오로지 증오와 공격의 논리만 남아서 제대로 된 판단이나 반격은 불가능하게 된다.

"두 분이 경찰이나 검찰 그리고 법원을 공격한다고 해서 그들이 바뀌거나 사라지지는 않습니다. 도리어 그들은 여러분들을 확실하게 파멸시킬 수 있는 사람들이지요."

"그렇다고 해서 그들한테 무조건 고개 숙이라는 건가요?"

차지성은 불만으로 가득한 목소리로 말했다.

그런 논리대로라면 누구도 그들의 잘못을 이야기하지 못하기 때문이다.

"물론 아닙니다. 하지만 그들이 확실하게 잘못되었을 때만 공격하라는 거지요."

"지금은 뭐, 잘했나요?"

"잘못한 건 맞습니다. 하지만 이 사건의 주요 대상은 그 체대생들이지, 경찰이 아닙니다. 물론 작전상 그들에게 죄를 뒤집어씌우는 경우도 있지요. 그러나 이 사건에서는 그게 아무런 효과도 없습니다."

"음……."

"전 여러 사건을 다뤘지요. 경찰을 대상으로도, 검찰이나 법원을 대상으로도 싸워 봤습니다. 하지만 그들을 동시에 모두 적으로 두고 싸운 건 딱 한 번뿐입니다."

"그래요?"

'그리고 죽었지.'

노형진은 왠지 그때의 기억이 나서 입안이 씁쓸해지는 기분이었다.

"상황에 따라서 싸움을 피할 수 없을지도 모릅니다. 하지만 쓸데없이 싸울 필요는 없지요."

"네……."

"더군다나 경찰의 입장에서는 이건 그냥 흔해 빠진 사건일 뿐입니다. 여러분들은 억울하겠지만, 담당 형사가 이 사건을 3개월 이후에도 기억할 가능성이 얼마나 된다고 생각하십니까?"

"……."

두 사람은 아무런 말도 하지 못했다.

자신들은 억울한 게 맞지만 노형진의 말대로 담당 형사에게는 그저 지나가는 흔해 빠진 사건 중 하나일 뿐이다.

"도리어 담당 형사를 자극할수록 나쁜 자료만 나올 테니, 그 후에 우리가 역습하는 것은 쉽지 않을 겁니다."

"그러면요?"

"어차피 경찰은 판단 능력이 없습니다."

검사는 기소를 판단하고 법원은 형벌을 판단한다. 하지만 경찰에는 판단 능력이 없다.

"사람으로 치면 수족이지요. 꼭 필요한 집단이지만, 자체적으로 뭘 하지는 못해요."

"음……."

"그러니 그들의 손을 떠나는 시점을 기다립시다. 우리가 그들을 자극하지 않으면 그들은 만만하게 보고 허술하게 증거를 들이밀 테니, 그 후에는 우리가 역습할 수 있는 기회가 있겠지요."

노형진의 말을 이해한 차지성과 유관민은 일단 시간을 보내기로 마음을 먹었다.

⚖

얼마 후 경찰에서는 검찰로 사건을 넘겼다.

노형진이 처음 그들을 빼 간 후에 아무런 대응도 하지 않았기 때문에 그들은 자신들의 생각대로 쌍방으로 몰아갔고, 검찰은 그 기록을 받아서 당연히 구형을 했다.

그리고 법원은 그들에게 구약식 벌금 130만 원씩을 청구했다.

"역시 내 예상대로네."

구약식이란 정식으로 재판하는 게 아니라 판사가 약식으로 판단해서 벌금을 매기는 것이다.

그리고 그게 마음에 안 들 경우 당사자는 정식 재판을 청구할 수 있다.

"지금부터 정식 재판을 할 겁니다. 그러면 경찰이 수집한 증거를 볼 수 있을 겁니다."

"하지만 증거라는 게 있을 리 없는데."

두 사람은 그 부분이 이상했다.

자신들이 아무리 노력해도 증거가 없었다. 차라리 증거가 있었으면 자신들이 그걸 들고 경찰이든 검찰이든 갔을 것이다.

"거기는 카메라도, 사람도 없었다고요."

"흠."

"거기에다가 사람이 자주 다니는 곳도 아니었고."

애초에 두 사람의 주장대로라면 그들은 맞기만 하고 저항도 못 했다. 그리고 상황을 봐도 그게 정상이다.

'그러면…… 한 가지뿐이군.'

어떤 식으로든 조작했다는 소리다.

"도리어 우리한테는 유리한 거죠."

"네?"

"조작이라는 건 생각보다 더 어렵습니다."

그런데 상대방은 조작해서 사건을 고발했다. 그렇다는 건, 그 고발 자체에 실수했을 가능성이 높다는 뜻이다.

"물론 체계적으로 조작할 수도 있겠지요. 하지만 이쪽이 가지는 문제와 저쪽이 가지는 문제는 비슷합니다."

"그게 무슨 말씀이신지 모르겠습니다만?"

"자원은 한정되어 있는데 그 승리로 인한 이득은 그다지 크지 않다는 거죠. 과연 이런 사건을 조작할 때 얼마나 공을 들일까요?"

"아!"

"아마도 그 조작이 아주 치밀하게 이루어지지는 않았을 겁니다."

물론 상대측에 아주 큰 부자나 정치인의 자녀가 있다면 이야기가 달라질 수도 있지만 노형진이 아는 한 그런 사람은 없다.

"그걸 반박하면 사건을 뒤집을 수 있겠군요."

"그러니 일단은 기록을 보는 것부터 시작합시다. 게임은 이제부터 시작이니까요."

그리고 노형진은 절대 질 생각이 없었다.

⚖

"피고인 차지성과 유관민은 ㅇㅇ월 ㅇㅇ일. 대학로의 뒷골목에서 공모하여 술에 취하여 자택으로 가던 박팔관 외 네 명을 공격하여 그들에게 전치 3주 이상의 큰 피해를 입혔습니다."

재판이 시작되고 공소가 제기되자 노형진은 조용히 그걸 듣고만 있었다.

애초에 정식 재판을 신청한 건 자신들이니 이 내용을 모르지는 않기 때문이다.

'과연 증거는 어떤 것인가. 뭐, 대충은 알 것 같지만.'

궁금한 것은 바로 그것이다. 과연 어떤 증거를 제출할 것인가.

"이를 증명하기 위하여 해당 피해자들의 진단서를 제출하는 바입니다."

'역시나. 폭행 사건에서 기본은 진단서지.'

노형진은 검사의 말에 고개를 끄덕거렸다. 자신의 예상대로 진단서가 나온 것이다.

"이 진단서에 따르면 피해자는 우측 어깨 염좌와 타박상 그리고 인대가 늘어나는 피해를 입었습니다."

진단서를 장황하게 읽는 검사.

판사도, 변호사도 조용히 그 말을 들을 뿐이었다.

그러자 일반적으로 방어하는 시점이 지난 것을 느낀 판사가 고개를 갸웃하면서 노형진을 바라보았다.

"피고인 측 변호인, 할 말 없습니까?"

"일단 증거를 검토해 보겠습니다."

"그게 끝입니까?"

"네. 다만 검찰 측에 다른 증거가 있다면 지금 공개하여 주시기 바랍니다. 가능하면 빨리 공개해 주셔야 저희들도 그걸 조사하고 판단하니까요."

노형진의 도발에 검사의 눈썹이 슬쩍 위로 올라갔다.

'자존심이 상한다 이건가?'

노형진은 그런 검사를 보면서 피식 웃었다.

그럴 수밖에 없는 게, 진짜 유능한 검사라면 어떤 증거가 나왔는지 모르지만 이렇게 빨리 구약식이 떨어질 리 없기 때문이다.

이렇게 초고속으로 구약식이 떨어진 건 검사가 제대로 검토도 안 해 보고 서류만 보고 판단했다는 소리였다.

"다른 증거가 없나 봅니다?"

노형진은 다시 한 번 도발했고, 그 도발에 홀딱 넘어간 검사는 다른 증거를 꺼내 들었다.

"해당 장소에 있던 증인의 증언서입니다."

"해당 장소에 있던 증인의 증언서?"

"그렇습니다."

"하지만 거기에는 피고인 측 친구만 있었는데요? 그리고 경찰에서는 해당 증인의 진술에 대해서, 친구라서 신빙성이 없다면서 청취도 하지 않았고요."

어리둥절한 표정이 되는 검사.

'그럴 줄 알았다.'

서류만 보고 제대로 검토도 하지 않았으니 다른 증인이 있었다는 소리는 들어 보지도 못했을 것이 뻔했다.

애초에 경찰에서 해당 사실은 올리지 않았을 테니까.

"다른 증인은 없었다고 들었는데요?"

"그런가요? 도리어 저희 측 증인은 그곳에 자신들 말고는 다른 사람은 없었다고 하던데요?"

전혀 상반된 상황이 재미있는지 판사는 살짝 미소를 지었다.

"그래서 그 증인은 어디에 있습니까?"

"아직 출석 요청을 하지 않았습니다. 일단은 검사 측 증거를 받아서 확인해 보는 것이 중요하다고 판단했기 때문입니다."

"그럼 다음 기일까지 출석을 요청하세요. 검찰 측 역시 해당 증인을 요청하세요."

"네."

"그렇게 하겠습니다."

검사는 그렇게 말하면서도 노형진을 노려보았다.

하지만 노형진은 그의 시선을 무시했다.

"재판장님, 더 이상 제출될 증거가 없으면 이번 재판은 이만하는 게 좋다고 생각합니다. 다음 기일을 잡아 주시기 바랍니다."

"그게 무슨 말인가요?"

"말씀드린 그대로입니다. 증거를 판단하기 위해서는 검토가 필요합니다."

노형진의 요구에 판사는 신기한 듯 바라보았다.

물론 법적으로 무슨 잘못이 있는 것은 아니지만 일반적으로 재판이 시작되면 변호사는 변론하기 위해 어떤 말이든 한마디는 하기 마련이다. 그런데 단 한마디도 하지 않고 다음 기일을 잡아 달라니.

"증거를 검토할 시간이라고 하셨습니까?"

"네."

그 말인즉슨, 검찰 측의 증거를 모조리 뒤집을 수 있다는 소리였다. 그게 아니라면 어떤 변론이라도 했을 테니까.

"알겠습니다. 다음 기일은 따로 통지하겠습니다."

"재판장님!"

도리어 검사가 당황했다.

상대방이 어떤 반박이든 해야 자신도 그에 대한 반박을 준비하는데 상대방은 아무것도 하지 않았기 때문이다.

'이러면…….'

졸지에 노형진의 도발에 넘어가서 자기 카드만 까 버린 셈이 된다.

"검사 측, 뭐 추가할 증거가 있습니까?"

"아…… 아닙니다."

"그러면 변호사가 검토할 때까지 기다리지요."

"네……."

검사는 이를 박박 갈았지만 이미 버스는 떠난 후였다.

"진단서라니."

입을 쩍 벌리는 차지성과 유관민.

"이건 말도 안 됩니다. 우리는 한 대도 안 때렸다고요! 그런데 어떻게 진단서가 나온단 말입니까!"

유관민은 흥분해서 막 날뛰었다.

"이건 의사가 뇌물을 받은 겁니다! 그렇지 않으면 나올 리 없다고요!"

"맞습니다. 그렇지 않다면 진단서가 나올 리 없지요. 일단은 의사를 족쳐야 한다고 생각합니다."

차지성 역시 유관민만큼은 아니지만 크게 화가 난 건지, 애써 화를 삼키면서 말을 꺼냈다.

그들의 생각에는 의사가 조작하지 않은 이상 진단서가 나올 수가 없기 때문이다.

"그렇게 생각합니까?"

"안 그러고서야 이유가 없지 않습니까?"

"이유야 많지요."

"네?"

"한번 맞혀 보세요."

두 사람은 어리둥절해졌다.

"이건 당신들의 사건이기도 하지만 한편으로는 기회이기도 합니다. 스스로 사건을 겪어 봐야 어디를 조사해야 할지 알 수 있지요. 과연 당신들은 어디를 조사하겠습니까?"

"그거야 의사죠."

"당연히 의사 아닙니까? 우리가 건드리지도 않았는데 진단서라니요."

그들은 당연히 의사가 뇌물을 받고 진단서를 끊어 줬다고 생각했다.

노형진은 대답하지 않고 옆에 있던 손채림을 바라보았다.

"넌 어때?"

"나? 왜 나한테 불똥이 튀는데?"

"그래도 경험이 있잖아. 너도 의사?"

"음……."

손채림은 약간은 당황한 듯했지만 금방 정신을 차리고는 잠시 생각하다가 고개를 흔들었다.

"아니."

"그럼?"

"어…… 난 학교를 털어 보겠는데?"

"에?"

"학교라니요?"

학교라는 말에 차지성과 유관민은 어리둥절한 얼굴이 되었다.

학교라니. 도대체 자신들의 사건과 허위 진단서와 학교의 관계를 알 수가 없었던 것이다.

"역시 짬밥은 그냥 먹은 게 아니구먼."

"그거 욕이야, 칭찬이야?"

"짬밥이라니요?"

결국 궁금증을 참지 못한 차지성이 노형진을 바라보며 물었다.

학교랑 자신들이 무슨 관계란 말인가?

"여러분의 학교가 아니라 상대방의 학교입니다."

"네? 가해자들요?"

"네. 가해자들의 직업이 뭐였지요?"

"대학생입니다. 매경 체대……."

말을 하던 차지성은 움찔했고, 듣고 있던 유관민은 탄성을 내질렀다.

"체대생이라면 몸 쓰는 게 일이겠군요."

"네. 더군다나 기록에 따르면 다른 곳도 아닌 유도부죠. 격투기를 하는 학과이니 타박상은 달고 다닐 겁니다."

자신들은 분노에 눈이 멀어서 미처 생각하지 못하고 있던 부분이었다.

"맞아, 유도부라면 타박상 정도는 기본이겠지."

손채림도 아는 듯 고개를 끄덕거리자 두 사람은 왠지 창피해졌다.

변호사도 아닌 그저 거기서 일하는 사람도 아는 걸 자신들이 몰랐다니.

"어떻게 아셨습니까?"

"뭘요?"

"학교에서 다친 거 말입니다."

"아, 그거요? 검사가 그러더군요, 우측 염좌가 있다고. 상식적으로 한번 싸웠는데 다섯 명에게 전부 우측 염좌가 생길 가능성은 별로 없지요. 가해자가 특정 기술을 쓰기 전에는 말입니다."

"아!"

유도에는 상대방의 오른손을 잡아서 넘기는 기술이 분명히 존재한다. 그리고 그 기술을 쓰면 넘어가는 측의 우측 어깨에 상당히 큰 부담이 가게 된다.

"일반적으로 남자들이 싸우는 방식은 주먹질이나 발길질이니까."

손채림도 안다는 듯 중얼거렸다.

"나도 공부하는 중이기는 하지만 다친 부위는 상당히 많은 의미를 가지고 있거든요."

"하지만 여기 진단서에는……."

분명히 등이 다쳐 있다고 되어 있다. 즉, 자신들이 뒤에서 공격했다는 증거이기도 하다.

"그러니까 문제인 겁니다."

두 명이 다섯 명을 공격하는데, 아무리 취해서 꼼짝을 못한다고 해도 모두가 다 등을 공격당할 가능성은 없다.

"더군다나 일반적으로 공격당하면 그 타격점은 무척이나 좁은 편이지요. 주먹을 쓰거나 발을 쓰거나 기타 다른 무기를 쓴다고 해도, 일반적인 공격에서는 좁은 공간에 흔적이 남습니다."

하지만 증거로 제출된 기록을 보면 등 전체에 상당한 타박상이 보인다.

"이건 일반적으로 낙법에 실패할 때 많이 생기는 손상입니다."

"낙법 실패?"

운동이라고는 숨쉬기 말고는 안 해 본 그들이니 이해할 리 없었다.

"낙법은 등으로 추락하는 것 같지만 전혀 아닙니다. 엄밀하게 말하면 다른 부위를 희생해서 장기가 있는 몸통을 보호하는 방식입니다."

넘어가는 순간 손이나 발로 강하게 치면서 반발을 만들어 내 자신을 보호하는 것. 그것이 바로 낙법이다.

"하지만 그게 실패하면 등짝부터 떨어지지요."

결국 등짝부터 오는 충격이 온몸의 장기에 퍼지게 된다.

"그걸 어떻게……."

"군대에 가면 배웁니다."

"헐."

물론 반은 뻥이다. 군대 간다고 다 낙법을 배우는 건 아니다.

"확실한 건, 이런 상처를 만들었다는 것 자체가 특정 기술과 관련이 되어 있다는 거죠."

"이런 개 같은 새끼들이……!"

체대생. 그것도 유도부이니 타박상은 상시 붙들고 살았을 것이다. 거기에다 고학년도 아닌 저학년이니 아직 미숙해서 더 상처가 많았을 테고 말이다.

"그러니 지금 의사를 공격하는 것은 의미가 없지요."

"큭."

그랬다면 도리어 쓸데없이 적만 더 많이 만들었을 것이다.

어쩌면 죄를 면하기 위해 다른 사람들에게 죄를 뒤집어씌운다는 오해도 받았을 것이고, 그러면 자신들은 재판에서 더욱 불리해졌을 것이다.

"그러면 학교에다 부탁해 볼까요? 와서 진술해 달라고?"

손채림은 피식 웃었다.

"그 말, 진심이에요?"

"역시 무리겠지요?"

무리일 수밖에 없다.

체육계는 엄청나게 상명하복이 심하다. 그리고 자기들끼리 뭉치는 것도 심하다.

그런데 거기에다가 당신들이 유도 하느라고 다친 걸 증언해 달라?

"하면 그게 이상한 거죠."

어깨를 으쓱하는 노형진.

"그러면 어떻게 하라고요? 우리가 부탁한다고 와서 증언해 주진 않을 것 같은데."

유관민은 입을 삐쭉 내밀었다.

"이럴 때야말로 전선을 확장해야 하는 겁니다. 후후후."

⚖

"저거 바보 아냐?"

"응?"

소장을 접수하러 가면서 손채림은 툴툴거렸다.

"뭐가?"

"아니, 법대 다니는 애들이 뭐 저렇게 바보스러워?"

"저게 정상이거든?"

"뭐?"

"내가 똑똑하다는 생각은 안 하냐?"

"그건 인정하지만, 그래도 너무 바보스러운데?"

"원래 다른 것도 마찬가지이지만 법도 결국은 경험이야. 그리고 고작 대학 2학년짜리가 무슨 경험이 있냐? 솔직히 저 나이에는 알바하다가 알바비 안 주면 그냥 뜯길걸?"

"설마! 기본적인 법에 대해서는 알잖아?"

"법에 대해 아는 것과 그 법을 쓰는 건 전혀 다르다고. 자동차 핸들과 액셀 그리고 브레이크에 대해 안다고 차를 몰 줄 아는 건 아니잖아?"

"끄응."

손채림은 그 한국대에 다닌다는 법대생들이 영 미덥지 않았다.

"결국은 경험이 있어야 무기도 잘 휘두르는 거야."

"무슨 소리인지는 알겠지만. 그런데 네가 하는 방식은 단순히 경험으로는 안 될 것 같은데?"

노형진이 피식 웃었다.

"나야 뭐 초천재니까."

"겸손 좀 떨어 보지?"

"너무 당연한 걸로 겸손 떨면 그것도 재수 없을 것 같은데?"

"그것도 부정은 못 하겠는데. 누가 변호사 아니랄까 봐 말을 다 막아 버리네."

툴툴거리면서 소장을 들고 간 그들은 경찰서 안으로 들어갔다.

다만 이들이 들어간 경찰서는 지난번에 갔던 그곳이 아니었다.

"무슨 일로 오셨습니까?"

담당은 제법 커다란 상자를 들고 오는 노형진을 보고 짜증스럽게 물었다.

상자가 크다는 것. 그것은 일거리가 생긴다는 뜻이다. 그것도 아주 많이.

"고발하려고 하는데요."

"고발요?"

"네."

"무슨 고발 말씀이십니까?"

"당연히 폭력에 대한 고발입니다."

"네?"

"증거는 여기에 있습니다."

고발장이 들어 있는 상자를 내밀자 그녀는 그걸 열어서 확인했다. 그리고 미심쩍은 표정으로 노형진을 바라보았다.

"이걸 고발하신다고요?"

"네."

"진심이십니까?"

"진심입니다만?"

"음……."

"거절하면 검찰청으로 가지고 가고요."

"아닙니다. 고발하시면…… 받아 줘야지요."

접수계원은 별 미친놈이 다 있다는 표정으로 그걸 받아서 도장을 찍기 시작했다.

⚖

고발은 고소와 다르다.

일반적으로 사람들은 고소만 생각하지만, 고발 역시 일반인이 가능한 사법적 행동 중 하나다.

고소는 자신이 피해자인 경우 가해자를 처벌하거나 피해

를 복구하기 위해 하는 것이다.

그러나 고발은 자신이 피해자가 아니라고 해도 경찰에 알려서 수사를 요구할 수 있다.

강간 같은 경우는 아직은 친고죄라 해서 고발의 대상이 아니지만, 폭행이나 폭력 행위는 명백하게 고발의 대상이 된다.

그리고 그 고발의 대상이 된 매경대 유도부 학생들은 기가 막혀서 말이 안 나왔다.

하지만 경찰은 그런 그들의 기분 따위는 신경도 쓰지 않았다.

"이름."

"……."

"이름 말하라고, 이 새끼야."

"아, 진짜 억울하다니까요!"

"억울? 억울? 이 새끼야! 이 사진 보고 지금 억울하다는 말이 나와?"

울먹거리면서 억울하다고 말하는 유도부원에게 화를 버럭 내는 경찰.

그리고 그런 그의 앞으로 쫙 펼쳐지는 사진들.

"이게 학교냐, 아니면 폭력 조직이냐? 응?"

엎드려뻗쳐 하고 있는 학생들을 몽둥이로 내리치는 남자.

그는 다름 아닌 그 유도부원이었다.

"이건 교육 차원에서……."

"요즘은 몽둥이로 패는 게 교육인가 보다?"

"……."

사실 대한민국 체육계의 고질적인 문제가 다름 아닌 폭행이다.

체계적이고 과학적인 발전 사항이 아니라 폭행과 폭언으로 강제적으로 실적을 만들어 내는 것은 예나 지금이나 심각한 문제였는데, 노형진은 바로 그런 부분을 노리고 지난 며칠간 매경대를 감시하면서 관련 사진과 증거를 모아 냅다 고발한 것이다.

"저희가 그러려고 그런 게 아니라……."

"이름 대라고!"

증거가 없다면 모를까, 증거가 나온 상황에서 그들이 할 수 있는 것은 없었다.

결국 경찰의 압력에 학생들은 자신의 신상을 조금씩 대기 시작했다.

그리고 같은 시각, 노형진은 학교의 교수들을 만나서 이야기를 하고 있었다.

"아니, 우리한테 무슨 억하심정이 있다고 이런 일을 저지른 겁니까!"

교수들은 노발대발할 수밖에 없었다.

얼마나 치밀하게 찍은 건지, 졸지에 학과생의 절반 이상이 전과자가 되게 생긴 것이다.

"억하심정은 없습니다. 다만 저는 정의로운 사람이거든요."

"정의로운 사람?"

"네. 전 정의로운 사람이라서 말이죠, 고통받는 피해자를 보고도 그냥 넘어갈 수가 없었습니다."

"지금 그걸 말이라고……!"

노형진의 말에 어이가 없다는 듯 발끈하는 교수들.

하지만 노형진은 이미 그들에 대해 알아볼 만큼 알아본 상황이었다.

"글쎄요. 폭행 사주를 하신 분들이 과연 그런 말을 할 수 있을까요?"

"뭐라고!"

"저도 다 알아봤지요. 학생들한테 요즘 애들 싸가지가 없다면서, 군기 잡으라고 하셨다면서요? 그 뭐냐, '정신 봉'이라는 것도 하사해 주셨다면서요?"

"크윽."

"수사가 진행되면 저기에 있는 학생들 중에서 과연 몇 명이나 사실을 말할지 궁금하군요."

노형진은 히죽 웃으면서 말했지만 교수들은 등골이 오싹했다.

"개소리하지 마! 누가 그런 헛소리를 하겠어!"

학생들이 자신들에 관해서 절대 이야기하지 않을 거라고 주장하는 교수들.

하지만 다음 순간 그들은 입을 다물 수밖에 없었다.

"이미 안에서 도와준 사람이 있는데요? 설마 도움도 없이 증거를 모았겠습니까? 후후후."

"이런 싯팔……."

한국 체육계의 고질적인 폭력 행위는 학생들만의 문제가 아니다. 애초에 교수들이 그걸 모른 척하면서 방조하거나 군기를 잡으라는 식으로 교사하기 때문에 사라지지 않는 악습 중 하나였다.

분명히 누군가 앙심을 품고 그걸 까발린 게 틀림없었다.

"그 새끼가 누군데!"

"그건 절대 비밀이지요. 하지만 확실한 건, 내부에 조력자가 있다는 겁니다. 아주 제대로 원한을 품었던데요?"

"이런 개 같은 새끼들……. 은혜도 모르고."

"저한테는 묻지 마세요. 그래도 변호사인데 조력자를 까발릴 수는 없지 않습니까?"

노형진은 히죽거리면서 말했다.

그런 그의 행동에 교수들은 점점 더 열이 받았다.

안 그래도 자기 밥줄이 달렸는데 상대방은 그걸 신경도 안 쓰고 있기 때문이다.

결국 보다 못해서 발끈한 교수 한 명이 벌떡 일어나서 소리를 질렀다.

"넌 뭔데 이 지랄이야, 이 새끼야! 너, 내가 누군지 알아!"

"알지요. 아시안게임 유도 금메달리스트 아니십니까?"

"뭐?"

"그런데 거기서도 폭행 사주한 거 알고 있나요? 저 같으면, 그거 알면 메달 박탈시킬 것 같은데요?"

"크윽……."

노형진에게 화가 나지만 틀린 말이 아니기 때문에 아무런 대꾸도 하지 못하는 교수들.

그들은 그가 이미 모든 걸 알고 접근했다는 걸 알아차렸다.

본전도 못 찾은 교수가 부들부들 떨면서 다시 앉자 노형진은 천연덕스럽게 말했다.

"그러니까 애초에 제대로 교육을 시키셨어야지요. 그랬으면 이 꼴까지는 안 났을 텐데요."

"도대체 우리한테 무슨 원한이 있다고 이러시는 겁니까?"

결국 고개를 팍 숙이는 교수들.

학생들도 이미 전과는 피할 수 없게 되었다.

그리고 전과를 달게 된 학생들의 미래는 뻔하다.

꿈에도 그리던 국가 대표도 되지 못하고, 나가서 제대로 된 일자리를 구하는 것도 불가능해지는 것이다.

당연히 어떻게 해서든 사태를 수습해야 하는데, 그러기 위해서는 노형진의 도움이 절실하다. 일단 취하서라도 써야 처벌이 약해지기 때문이다.

"원한은 없습니다. 다만 원하는 것은 있죠……."

"뭐라고요?"

“설마 제가 자원봉사 하자고 이런 귀찮은 일을 하겠습니까?”

“크윽…….”

“싫으시면 강제로 하지는 않으셔도 됩니다.”

“이런다고 도와줄 것 같아?”

아시안게임 금메달리스트라는 교수는 결국 자신의 자존심을 버리지 못하고 소리를 버럭 질렀다.

그러자 노형진은 자리에서 일어났다.

“뭐, 그렇게 말씀하신다면야 저는 범죄에 대해 고발하는 수밖에 없지요. 요즘 같은 21세기에 집단 구타 교사라니. 거 참, 아시안게임위원회와 올림픽위원회에서 뭐라고 할지.”

다른 교수의 얼굴이 사색이 되었다.

그는 올림픽 은메달리스트다. 즉, 지금 하는 말은 자신에게 하는 말이라는 것을 알아차린 것이다.

‘이런 씨발…….’

그리고 올림픽위원회는 이 사실을 알게 되면 가차 없이 자신의 메달을 박탈할 것이다.

“자, 자! 진정하시고. 다 이야기하면서 오해도 풀고, 그러는 거 아니겠습니까?”

노형진이 신경도 안 쓰고 나가려고 하자 교수들이 그를 붙잡았다.

“왜 이러십니까?”

“애들 인생은 창창합니다. 제발 취하서를…….”

차마 자기들을 위해 모른 척해 달라는 말을 할 수가 없어서 학생들을 파는 교수들.

노형진은 그들을 슬쩍 더 강하게 찍어 눌렀다.

"뭔가 잘못 알고 계신데요?"

"네?"

"제가 취하할 거면 왜 고발했겠습니까? 전 정의를 지키기 위해서 한 건데 정의를 지키지도 못한 채로 취하할 리 없지요."

노형진이 실실 웃으면서 말하자 교수들은 정신이 아득해졌다.

"그리고 고발 취하서는 그다지 효과가 없어요. 뭐, 아예 없는 것보다는 나을 테지만요."

고발 취하는 흔한 말이 아니기 때문에 대부분의 사람들이 잘 모르는 법률 용어이다.

하지만 사실상 의미가 없다. 왜냐하면 고발이 들어가는 순간 경찰에게는 인지 수사라 하는, 범죄 사실을 인식하고 수사하는 과정으로 넘어가게 되어 있는데, 그제야 취하서를 써 준들 인지 수사가 시작된 이후에는 정상참작은 될지언정 수사 자체가 중단되지는 않기 때문이다.

"그러니까 애들 교육을 잘 시키셨어야지요. 애들 교육이 제대로 안 되니 이런 일이 벌어지는 거 아닙니까?"

교수들은 속으로 열불이 났지만 뭐라고 할 수 있는 말이 없었다.

자신들의 미래를 위해서라도, 취하서만이라도 받아야 하기 때문이다.

'더군다나…….'

노형진은 폭행 방조 및 교사에 대해 이야기했다.

하지만 자신들에게 교사 및 방조에 관련된 소환장은 오지 않았다. 즉, 노형진이 아직 관련 증거를 가지고 있다는 소리가 된다.

더군다나 교수 중 한 명은 아시안게임 금메달리스트, 또 다른 교수는 올림픽 은메달리스트인 것도 알고 있다.

하지만 그것도 벌써 20년 전 이야기다. 요즘 사람들이 그런 걸 기억하는 것은 쉬운 게 아니다.

또한 딱 봐도 노형진은 젊은 나이.

그러니 찾아보지 않았다면 모를 수밖에 없는 정보라는 소리인데, 그걸 안다는 것은 뭔가를 노리고 사전에 준비했다는 뜻이 된다.

결국 그들은 자신들의 안위를 위해 노형진에게 고개를 푹 숙였다.

"도대체 원하는 게 뭡니까?"

"뭐, 별거 아닙니다. 그냥 간단한 의견서지요."

"의견서?"

"네. 그거면 제가 해결책을 제시하여 드리지요."

노형진은 웃으면서 말했지만 교수들은 소름이 끼치는 느

낌이 들었다.

마치 거부할 수 없는 악마의 거래를 제안받은 느낌이었기 때문이다.

⚖

"진짜로 줬어?"

"자기 모가지가 달려 있는데 안 주겠어?"

서류는 미리 다 준비되어 있었다. 그리고 거기에 사인만 받아 오면 되는 것이었기 때문에 그다지 어려운 일은 아니었다.

"그런데 의심 안 해?"

그 의견서대로라면 노형진이 제출한 서류가 의미가 없게 된다.

그런데 그 의견서에 사인해 달라고 했는데도 의심을 하지 않다니.

"분노는 때로는 사람들의 눈을 멀게 하거든."

"응?"

"내가 심심해서 그들을 도발한 게 아니야. 화나게 하려고 한 거지."

아마 그들은 지금쯤 노형진에게 협조했다는 녀석들에 대해 극도로 분노하고 있을 것이다.

그리고 그것에 신경이 쓰여서 뭔가 이상하다는 사실을 놓

치고 있을 테고 말이다.

"쯧쯧, 어쩌다가 너 같은 사람한테 걸려서, 저쪽도 참 고생이다. 그런데 진짜로 준비된 거야?"

"뭐가 말이야?"

"그 사람들의 방조랑 교사 혐의 말이야."

"아, 그거? 그냥 뻥카야."

"뭐?"

노형진이 옆 좌석에 앉으면서 대수롭지 않게 하는 말에 손채림은 깜짝 놀랐다.

그렇게 잔뜩 준비한 것처럼 보이더니 뻥카라니?

그렇다는 건 애초에 증거가 없다는 뜻이 아닌가?

"애초에 관련된 증거는 없었어. 물론 폭행 사진이야 체육계에서는 흔하게 벌어지는 일이니 구하는 건 어렵지 않아. 특히 유도나 격투기 같은 쪽은 거의 일상이나 다름없으니까. 하지만 교사나 방조는 참 증거가 애매하거든."

그건 사진으로 찍는 게 아니라 접근해서 녹음해야 한다.

때린다는 행위가 없기 때문에 사진으로는 증거로서의 효력이 없기 때문이다. 그들이 무슨 말을 하는지 알 수가 없으니까.

그런데 문제는 그렇게 접근해서 녹음할 기회도, 시간도 없었다는 것.

"그래서 뻥카를 친 거지."

"그런데 속아?"

"상대방이 자신에 대해 잘 알고 있다고 생각하게 만들면 속이는 건 어려운 건 아니야. 그래서 내가 그들에 대해 조사한 거고."

교수들에 대해 조사하고 그들에게 적대적인 행동을 한다. 더군다나 제자들에 대한 고발을 진행하면서 적대적인 행동이 행동으로 실행될 수 있다는 것을 보여 준 이상, 그들로서는 위험부담을 감수할 수 없는 노릇이다.

"결국 확실하지 않은 상황에서 그들은 사인할 수밖에 없지. 없을지도 모른다는 가정만 하고 사인을 안 하면 자신들의 자리가 위험해지니까."

"헐……."

결국 노형진에게 속아서 의견서를 넘겨준 것이다.

"그 후의 일은 자기들이 알아서 할 일이고."

물론 노형진이 이번 일을 해결할 수 있는 방법을 알려 주기는 했다. 그게 조건이니까.

하지만 그건 가해자들에게 지옥이 열리는 길이 될 것이 뻔했다.

"이제 저들 문제는 우리 손을 떠났어. 우리는 우리 일만 해결하면 돼."

노형진은 그렇게 말했지만 왠지 손채림은 도리어 당하게 될 가해자들이 불쌍하다는 생각이 들었다.

엎어치기 한판

"이놈들입니다."

교수들은 이를 박박 갈면서 말했다.

"확실한 겁니까?"

"네. 제가 아는 분을 통해 알아냈습니다."

노형진은 그냥 심심해서 그들을 고발한 것이 아니었다. 그 고발 서류에 증거로 받은 가해자들의 진단서까지 첨부했다.

자세한 내용 없이 진단서만 덩그러니 들어가 있으니 경찰의 입장에서는 그게 이들로부터 받은 상해 진단서라 생각했고, 당연히 그들 내부에 있는 부패한 경찰을 통해 고발자를 뒤지고 있던 교수들에게 넘어갈 수밖에 없었다.

"이름과 학번이 다 지워졌지만 누군지 알아냈습니다. 박팔관하고 그 패거리 녀석들입니다."

"박팔관하고 그 패거리요?"

"네."

"그 1학년 놈들 말입니까?"

"네."

"이런 썅노무 새끼들!"

교수들은 발끈했다.

그럴 수밖에 없는 게, 인성이 영 개떡 같다고 뒤에서 수군거리는 패거리였기 때문이다.

1학년인데 자기들끼리 뭉쳐 다니면서 은근슬쩍 힘자랑하는 놈들이기도 했다.

"다행히 이걸 끊은 병원에 제가 아는 사람이 사무장으로 있습니다. 그래서 이걸 보내 줬더니 이야기해 주더군요."

"무슨 이야기요?"

"기록에 따르면, 경찰에 제출용으로 쓴다고 했답니다."

"이…… 미친 새끼들이, 죽으려고 환장했구나."

진단서나 기타 서류를 발급받기 위해서는 당연히 그 목적으로 이야기해야 한다. 그리고 그 기록은 다 남아 있다.

물론 박팔관은 경찰에 제출한 것이 맞다.

하지만 교수들과 학교 선배들의 입장에서는 다르게 들릴 수밖에 없었다.

사전에 그들에게 이야기하지 않았다는 것이 결국은 터무

니없는 오해를 불러온 것이다.

“당장 이 녀석들을…….”

“진정하세요. 애초에 선배고 뭐고, 죄다 콩밥 먹이려고 덤빈 녀석들입니다. 그런데 박 교수가 화가 나서 팬다면 또 그 짓거리를 할 겁니다. 이 새끼들은 지금 막나가자는 겁니다.”

“그러면 어쩌라고요?”

“어쩌긴요. 철저하게 매장시켜야지요.”

“하지만…….”

“다행히 이 기록에 따르면 이건 단순 상해가 아니라 운동에 의한 타박상 기록이라고 하더군요.”

“그렇지만…….”

“일단 그 녀석이 말해 준 방법이 맞기는 하답니다. 혹시나 몰라서 다른 변호사에게 확인해 봤습니다.”

노형진은 이번 사건을 해결할 수 있는 방법을 알려 줬는데, 그들로서는 이걸 해결할 수 있는 방법이 그것 말고는 없었다.

“네, 증거로 제출된 사진에는 맞은 녀석들이 없습니다. 즉, 여기에 있는 아이들이 적당히 합의서 써 주고 진단서에 대해 운동으로 인해 생긴 상해라고 주장하면, 대부분 벌금 정도에서 끝날 거랍니다.”

“큭…….”

그 정도면 다행이다.

그 정도면 국가 대표가 되는 데에도 지장이 없고 실생활에서도 문제가 되지 않는다.

“일단은 그렇게 갑시다. 우리야 좀 억울하지만 어쩌겠습니까? 진짜 이대로 가다가 언론이라도 타면 큰일 납니다.”

그렇게 되면 학생들은 운동을 그만둬야 할지도 모른다.

아니, 그게 중요한 게 아니다.

그게 소문이 나서 자신들이 폭행 사주와 방조로 처벌을 받으면 자신들은 학교에서 해직당할 것이고, 최악의 경우 메달마저도 박탈당할 게 뻔했다.

“이번 사건은 외부에 드러나면 안 되는 겁니다. 조용히 애들 불러서 합의서랑 탄원서에 사인하도록 합시다.”

“그거야 어려운 게 아닌데, 박팔관 이 개새끼들은 어떻게 하죠?”

다들 이를 박박 갈았다.

그리고 이 경우 결론은 이미 정해져 있었다.

“어떻게 하긴요. 이미 말했듯이 매장시켜야지요. 철저히.”

“그래서 구타한 걸 보셨다고요?”

“네, 두 사람이 기습적으로 다섯 명을 쓰러트리고는 마구 두들겨 팼다니까요.”

일단 검찰의 증거 하나를 무력화시켰다고 하지만 아직 모든 것이 끝난 것은 아니었다. 저들에게는 다른 증인이 있었기 때문이다.

"그래서 어떻게 공격하던가요?"

검사의 말에, 황도방은 마치 본 것처럼 제스처를 취하면서 말했다.

"저기에 있는 두 사람이 먼저 공격했어요."

그의 주장에 따르면 차지성과 유관민은 길을 가던 박팔관과 사소한 시비가 붙었다. 거기서는 박팔관의 사과로 모든 게 끝났는데, 나중에 돌아와서 공격했다는 것이다.

"그래서 애들이 쓰러지더라고요."

"그래요?"

"네."

"재판장님, 이 증언에서 보다시피 피고인들은 계획범죄를 목적으로 다시 돌아왔습니다."

검사는 신이 난다는 듯 말했다.

진단서가 무효가 되기는 했지만 애석하게도 그게 위증까지 이어지지는 않았다.

타박상이 일상인지라 크게 효과가 없었다는 거지, 그 안에 차지성과 유관민이 공격한 타박상 역시 존재한다고 주장하고 있는 것이다.

'이거참, 잘만 하면 흉기도 사용했다고 하겠네요.'

노형진으로서는 어이가 없는 말이었다.

아무리 자신들이 사건을 진행하는 데 있어서 모른 척 봐주고 있다고 하지만 이런 터무니없는 주장을 하다니.

"재판장님, 상식적으로 말이 안 되는 소리입니다. 체대에 다니는 다섯 명을 공부만 하던 두 명이 제압하다니요? 재판장님은 상식적으로 그게 이해가 되십니까?"

노형진은 단도직입적으로 물어봤다.

세상 누구라도 그게 이상하다는 것쯤은 알 테니까.

"글쎄요."

판사는 말을 하지는 않았지만 의심은 하는 모양이었다.

물론 검사도 그 당시에 있었던 일에 대해 주장하기는 했다.

"그 당시에 피해자 다섯 명은 술에 취한 상태였습니다. 그래서 움직이기 힘든 상황이었죠. 아무리 숫자가 많고 운동을 했다고 해도, 결국 술을 먹은 사람과 먹지 않은 사람의 차이는 큽니다."

"그래요?"

노형진은 코웃음을 치면서 앞으로 나섰다.

"재판장님, 박팔관 외 네 명이 술에 취하여 있었다는 사실은 잘 모르겠습니다. 하지만 피고인인 차지성과 유관민이 술에 취해 있었다는 사실은 증명할 수 있습니다."

"그게 무슨 말입니까?"

"술에 취해서 몸을 가누지 못한 것은 박팔관 일행이 아니라 차지성과 유관민 일행이었다는 뜻입니다. 증거로 그날 두 사람의 신용카드 사용 내역을 제출합니다. 또한 그날 두 사람이 먹었던 술집에서의 주문 내역을 제출하는 바입니다."

노형진은 판사에게 내역을 제출하면서 말을 이어 갔다.

"그날 8시경, 차지성은 인근 호프인 '가라 가라'에서 3만 9천 원을 결제하였습니다. 그곳에서 안주 두 개와 소주 세 병 그리고 맥주 한 잔을 시켰습니다. 그 후 2차로 유관민이 다른 술집인 '떴다 꽃돼지'에서 삼겹살 3인분과 소주 네 병을 시켰습니다. 두 사람이 먹기에는 상당히 많은 양이고, 이 정도면 두 사람은 만취한 셈입니다. 이렇게 만취한 사람이 체대생 다섯 명을 제압한다는 건 말도 안 됩니다."

검사는 바로 반박했다.

"그게 그들이 먹었다는 증거가 되는 건 아닙니다. 주문만 하고, 두고 나왔을 수도 있지요."

"검사님, 진담이십니까?"

"……."

검사도 말을 한 후에는 아차 싶은지 입을 꾸욱 다물었다.

세상천지에 어떤 멍청이가 식당에 가서 술과 음식을 주문하고 먹지도 않고 계산하고 나오겠는가? 아주 맛이 없다면 모를까.

그러나 아주 맛이 없다면 애초에 음식을 그렇게 많이 주문하지도 않는다.

"애초에 그 두 사람이 먹었다는 증거는 없습니다. 다른 사람이 있었겠지요."

"그렇습니다. 두 사람 말고도 한 사람이 더 있었습니다. 그런데 그 부분에 대해 저희가 주장했을 때, 그쪽 증인은 다른 한 사람이 없었다고 했던 것으로 기억하는데요?"

"어, 그게…… 전 못 봤습니다."

노형진은 증인을 바라보면서 날카롭게 물었다. 당연히 증인은 못 봤다고 딱 잡아뗴었다.

'이럴 줄 알았지.'

결국 논리적으로 밀어붙이자 말이 안 되기 시작한 것이다.

검사는 세 명이 먹었다고 주장하는데 증인은 두 명이 먹었다고 주장한다.

"피고인들은 총 세 명이 먹었습니다. 그 부분은 인정합니다. 하지만 다른 사람은 그곳을 일찍 떠났다고 볼 수도 있습니다."

아무래도 저걸 두 사람이 다 먹었으면 공격은커녕 움직이는 것도 무리라고 생각한 건지, 검사는 다른 한 사람이 일찍 간 거 아니냐고 말했다.

"그 부분은 인정합니다."

확실히 친구는 그곳을 먼저 떠났다. 그 때문에 두 사람이 일방적으로 당하는 상황에 처한 것이다.

"현장에 없었다면 증인으로서 무슨 의미가 있다는 뜻입니까?"

판사조차도 그 부분은 이해가 안 간다는 듯 되물었다.
"현장이 아니라, 그 전에 있었던 일에 관한 겁니다."
"전에 관한 일?"
"그렇습니다. 그 당시 먼저 간 친구의 진술서입니다. 이 진술서에 따르면 맨 처음 갔던 술집에서 피해자라 주장하는 박팔관 일행과 사소한 충돌이 있었다고 합니다."
처음에 간 곳에서 자신들은 간단하게 먹고 나가려고 했다고 한다. 그런데 어째서인지 박팔관과 그 패거리가 먼저 행패를 부리면서 도발했고 세 사람은 좋게 말하면 싸움을 피할 목적으로, 나쁘게 말하면 쫄아서 그곳을 도망치듯이 나왔다고 한다.
"이후 그들은 2차 장소로 가서 술을 마셨고, 증인은 자신의 자취방으로 가기 위해 이탈했고 그 후에 사건이 벌어진 것입니다."
"음……."
그렇다면 정황상 말이 안 되는 상황이 되어 버린다.
맨 처음 시비 때에도 질 게 뻔해서 도망간 사람들이 나중에 갑자기 기습한다?
"그거야…… 상대방이 취했으니 한번 해볼 만하다는 생각을 했겠지요."
"그런가요? 하지만 피의자들은 취해서 싸울 만한 상황이 아니었는데요."

"술에 취해서 판단력이 떨어졌을 수도 있습니다."

끝까지 물고 늘어지는 검사.

확실히 그럴 수도 있다. 가끔 술은 인간을 용기가 넘치게 만드니까.

그러나 용기가 넘치는 것과 현실은 전혀 다르다.

"용기가 있다고 해서 쌍방이 되는 경우는 없습니다."

"아까부터 쌍방 폭행이 아니라고 하는데, 증거가 있습니까? 피해자들은 명백하게 그들에게 맞았다고 증언했습니다. 물론 자기들이 때린 것도 인정했고요."

그래서 그들은 정식 재판을 받지 않았다.

자기들이 때린 것을 인정했고 심지어 자백까지 했기 때문에 도리어 선처받아서, 벌금 50만 원으로 끝난 것이다. 하지만 차지성과 유관민 두 사람은 끝까지 싸웠기 때문에 검사로서는 짜증이 날 수밖에 없었다.

"증거야 있지요."

"있다고요? 웃기는 소리 하지 마세요. 사건 현장은 CCTV가 없는 곳입니다. 이미 조사 결과 사설 카메라조차도 없는 게 확인되었습니다. 그런데 증거가 있다고요? 이쪽은 증인이 있고 그쪽은 증인도 없는데?"

진단서가 무력화되었다고 하지만 증인이 있다는 생각에 검사는 자신이 있는지 코웃음을 쳤다.

"물론 거기에는 없지요."

하지만 노형진은 여전히 미소를 머금고 있었다.

현장에 카메라가 없다고 해서 그들이 영원히 카메라를 피해 갈 수는 없으니까.

"수사 기록을 보면 그들은 사건 이후에 주변에 있던 편의점 앞에서 경찰차에 탑승하여 이동했습니다. 그 부분은 아시지요?"

"압니다."

"그 당시 피의자 두 명은 경찰차를 타고 이동했습니다만, 피해자라 주장하는 박팔관을 비롯한 다섯 명은 자리가 없어서 자기들끼리 택시를 타고 이동했지요."

"그 부분은 기록에 남아 있지요."

검사도 기록에 남아 있는 부분은 인정하지 않을 수가 없었기 때문에 순순히 고개를 끄덕거렸다.

"그렇다면 그 편의점에 있는 감시 카메라에 당연히 그들이 찍혀 있겠지요?"

"네?"

"이걸 봐 주시기 바랍니다."

노형진은 미리 준비한 CCTV 영상을 재생했다.

"이건 그들이 택시를 타고 움직이기 직전의 모습이 담긴 영상입니다."

편의점은 대부분 스물네 시간 영업을 한다. 그렇기 때문에 안전을 위해 카메라를 달아 둘 수밖에 없다.

그리고 그들은 현장에서 움직인 게 아니라 경찰차가 온 후 편의점 앞에서 택시를 타고 움직였기 때문에 편의점 카메라에 걸릴 수밖에 없었다.

"이게 왜요?"

"이들의 복장을 봐 주시기 바랍니다."

"복장?"

판사는 복장이라는 말에 그들의 모습을 유심히 봤다.

노형진은 그걸 확인하고는 다른 화면으로 영상을 바꿨다.

"그리고 이건 현장에서 찍은 게 아니라 경찰서에서 찍은 영상입니다. 그 당시 그들이 와서 조사받고 갈 때 내부에 있는 카메라에 찍힌 거죠. 뭐 바뀐 거 없습니까?"

"호오?"

판사는 단박에 알아채고 작게 탄성을 질렀다.

검사 역시 알아챘지만 함께 탄성을 지를 수는 없었다.

'이런 씨발…….'

그 너머에 보이는 것은 헝클어지고 흐트러진 박팔관 일행의 모습이었기 때문이다.

"택시를 타고 출발하기 전 카메라에는 멀쩡하던 모습이, 경찰서에서는 왜 갑자기 흐트러지고 옷이 찢어졌을까요?"

"……."

검사는 할 말이 없었다. 이 경우에 변명이 될 만한 이유는 하나뿐이었기 때문이다.

"저는 그 이유를 증명하기 위해 해당 택시의 운행 기록을 제출하는 바입니다."

노형진에게는 그들의 목적을 확실하게 할 증거가 또 있었다. 그리고 그것은 빼도 박도 못할 증거였다.

"택시 운행 기록?"

"네, 모든 택시는 운행한 후 그 기록을 남기도록 시스템이 되어 있습니다. 그리고 그 택시 기록을 기준으로 보자면, 그날 박팔관 일행은 편의점에서 택시를 탄 후 경찰서에서 5분 정도 떨어진 곳에서 하차한 것으로 되어 있습니다."

"그게 뭐가 어때서요? 술을 깨기 위해 한산한 공원에서 내릴 수도 있지."

자신이 실수했음을 절대로 받아들일 수 없다는 생각에 검사는 불만을 표시했지만, 이미 상황은 그의 실수로 인해 돌이킬 수 없는 지경으로 달려가고 있었다.

"일단 그 시간에 그 공원에 사람이 없었다는 게 첫 번째 문제입니다. 두 번째는, 그곳에서 경찰서까지는 아까 말씀드렸다시피 걸어서 5분 거리입니다. 하차 시간은 밤 11시 35분, 그리고 아까 경찰서 카메라에 찍혀 있는 경찰서 입장 시간은 12시 5분입니다. 무려 30분 동안 공원해서 무엇을 했을까요? 5분이면 도착하는 거리인데요."

노형진이 물어보면서 빤히 바라보자 검사는 입을 꾸욱 다물었다.

바보가 아닌 이상 그곳에서 자해했다는 것을 모를 수 없기 때문이다.

"그리고 두 번째 영상에서 봐야 하는 것은 옷뿐만이 아닙니다."

"옷뿐만이 아니다?"

판사는 고개를 갸웃하면서 다시 서기에게 말해서 영상을 재생했다. 하지만 딱히 특별한 것은 보이지 않았다.

"특이한 건 없어 보이는데요?"

"특이한 게 아니라 멀쩡한 게 문제입니다."

"멀쩡한 게 문제?"

"저들은 운동한 다섯 명이 술에 취해서, 똑같이 술에 취한 두 명을 이기지 못해서 쌍방으로 싸웠다고 했습니다. 안 그런가요? 그 정도면 거의 인사불성이 되어 있어야 하는 거 아닙니까?"

"아!"

그런데 현장에서 진술을 하거나 왔다 갔다 하거나 화장실을 가는 등의 행동을 보이는 박팔관의 일행 중에는 술에 취해서 흔들리는 사람이 아무도 없었다.

"아까 증인은 피해자 측이 술에 취해서 제대로 거동하지 못하는 점을 이용하여 피고인 측이 공격했다고 하지 않았습니까?"

"그렇습니다."

검사는 이쯤 되자 반쯤 포기한 건지 힘없이 대답했다.

확실히 아까 증인이 그랬다, 술에 취해서 제대로 저항도 못 하는 사람들을 공격했다고.

"그런데 저기에 있는 피해자들은 멀쩡하게 움직이는데요?"

"아!"

경찰에 바로 신고되었고, 경찰이 출동해서 이들을 데리고 가는 데 걸린 시간은 채 20분도 되지 않았다. 또한 그들이 택시를 타고 30분 만에 왔으니 잘해 봐야 50분이다.

만일 증인의 말대로라면 저들은 술에 취해서 해롱거리면서 제대로 움직이지 못했어야 정상이다.

다섯 명이 고작 두 명에게 당할 정도면 얼마나 취해야 하겠는가?

"그런데 저 안에서 움직이는 피해자들은 무척이나 정상적인 움직임을 보입니다. 저항하지 못할 정도로 취한 것 같아 보이지는 않지요. 그리고 생각해 보면 편의점에서도 포커스가 멀어서 그렇지, 그 움직임이 그다지 술에 취한 것 같지는 않더군요."

"큭."

아무리 술을 잘 먹는다고 해도 그사이에 이렇게 술이 깰 수는 없다.

그 사실을 깨닫자 검사는 분노에 찬 눈빛으로 증인을 바라보았다.

진단서가 무효화되었다고 해도 증인이 있기 때문에 싸워 볼 만하다고 생각했었다. 그런데 그마저도 위증이라니.

자기가 하면서 일을 대충 하는 것과 누군가에게 뒤통수 맞는 것은 전혀 다른 문제다. 노형진은 그 부분을 알기 때문에 증인을 몰락시키기 위해 고의적으로 칼날의 방향을 증인에게로 향한 것이다.

"자, 그러면 증인은 이 부분에 대해 어떻게 생각하십니까?"

"……."

증인석에 앉아 있던 증인은 얼굴이 사색이 되었다.

"아까 분명히 그러셨지요? 술에 취해서 거동도 하지 못하는 다섯 사람을 두 사람이 뒤에서 기습했다고."

"……."

"그런데 정작 술에 취한 사람은 피고인 두 사람이고, 피해자라 주장하는 다섯 사람은 상당히 멀쩡해 보이는데요?"

"……."

증인은 어쩔 줄 몰라서 안절부절못하기 시작했다.

그러나 이미 증언은 했고, 명백하게 위증이라는 증거가 나왔다.

"제…… 제가 봤을 때는…… 그랬습니다."

"그렇습니까?"

"네."

"알겠습니다."

노형진은 순순히 고개를 끄덕거렸다.

그러자 그걸 본 증인은 바로 그곳을 벗어나려고 했다.

"어…… 증언이 끝났으면 내려가도 될까요?"

그는 당장이라도 튀어 나갈 듯 굴었지만 그럴 수가 없었다. 노형진은 아직 그를 보내 줄 생각이 없었기 때문이다.

"딱 한 가지만 확인해 보고요."

"네."

"증인, 증인은 직장에 다니는 걸로 알고 있습니다. 그렇지요?"

"그렇습니다."

"그러면 그날 왜 현장에 가신 겁니까?"

"아, 친구들하고 술 약속이 있었습니다."

"그 친구들이 누군가요?"

"그건 사건하고 상관이 없는 것 같은데요?"

뭔가 불안하다는 느낌을 알아채고는 빠져나갈 구멍을 찾는 증인.

하지만 노형진은 이미 그에 대해 다 알아낸 후였다.

"그러고 보니 증인 몸이 상당히 좋습니다? 운동하셨나 봐요. 가령 유도라든가 말이지요."

"유도?"

"유도?"

"네. 증인은 유도단증이 있지요?"

"그게…… 취미로……."

"지금 나이가 얼마죠, 증인? 단수는요?"

"스무 살입니다. 유도 3단입니다."

"박팔관 씨와 동갑이시네요? 그런데 취미로 유도를 한 것 치고는 오래 하셨네요, 스무 살에 3단이라니. 저는 전문적으로 운동하는 사람도 최소 4년은 걸리는 것으로 알고 있고, 보통은 6년 걸리는 걸로 알고 있는데요? 그러면…… 대략 열네 살쯤입니다. 중학교 때쯤이네요."

"……."

노형진이 다 안다는 생각이 들자 증인의 얼굴은 점점 질려갔다.

그럴 수밖에 없는 게, 열네 살이면 중학교 들어가는 나이다. 그리고 일반적으로 그때쯤 체육 쪽으로 방향을 잡기 시작해서 운동하기 시작한다.

'내가 바보인 줄 아나?'

자신들의 증인은 차지성과 유관민의 친구라는 이유로 그 증언이 효력을 잃었다. 그러나 박팔관의 증인은 서로 알지 못한다는 이유로 효력을 가졌다.

하지만 서로 알고 있었다는 증거가 나오면, 상황은 달라진다.

"혹시 박팔관과 아는 사이 아닙니까?"

"아닙니다! 절대 아닙니다!"

"그래요?"

딱 잡아떼는 증인.

"저희는 본 적도 없습니다. 전 체대에 가지도 못했고, 고등학교도 서로 다른 학교를 나왔습니다."

"체대에 가지 못했다는 건 증인이 체대를 목표로 운동했다는 걸 인정하는 거네요? 그런데 박팔관과 다른 학교를 나왔다니, 혹시 박팔관이 어느 학교에 다니는지 알고 있는 겁니까?"

아차 싶은 얼굴이 되는 증인.

그러나 이미 판사는 뭔가 이상하다는 생각을 하고 있었다.

애초에 서로 모른다고 해서 그 증언의 효력을 인정한 것인데 서로 모르는 사이가 아닌 듯했기 때문이다.

"제…… 말은 그냥 접점이 없었다……는 정도입니다. 고등학교도, 제가 다니면서 그 사람을 본 적이 없어서 그렇게 말한 것뿐이고요."

서둘러서 변명하는 증인.

하지만 이미 노형진은 그의 약점을 정확하게 알고 있기 때문에 그의 이런 노력은 아무 의미가 없었다.

"그런가요?"

"네."

"그러면 마지막으로 한 가지 묻겠습니다. 증인."

"네."

"어디 체육관을 다니셨습니까?"

"네?"

"유도 체육관은 아무래도 그다지 많지 않습니다. 한 지역에 많아 봐야 두세 개 정도지요. 더군다나 그중에서도 입시 유도를 할 정도의 실력을 가진 체육관은 한정되어 있지요. 다시 한 번 묻겠습니다. 증인은 어느 체육관을 다니셨습니까?"

"……."

학교와 사는 지역은 접점이 없었다고 해도, 체육관은 모든 학교에서 모이는 곳이다. 그리고 소위 말하는 입시 명문이라고 하는 곳은 당연히 사람이 더 몰린다.

그래서 노형진은 그 부분을 정확하게 찌른 것인데 증인은 대답하지 못했다. 같은 체육관을 나왔기 때문이다.

그러나 그는 대입에 떨어진 후 취업했고, 박팔관은 매경대학교에 입학했다. 그리고 얼마 전에 자신에게 와서 증언해 달라고 한 것이다.

'쯧쯧.'

노형진은 그를 보면서 혀를 끌끌 찼다.

조금만 생각해 보면 위증이 얼마나 멍청한 짓인지 알 수 있다. 그런데 우리나라는 워낙 쌍방을 만만하게 보다 보니 별거 아닌 거라 생각해서 위증을 쉽게 하는 경향이 있다.

"그리고 증인이 다니는 공장이 화성에 있지요?"

노형진은 더 이상 끌 이유가 없다고 생각하고는 마지막 쐐기를 박기로 했다.

"네."

"그러면 이 장면은 어떻게 해명하실 겁니까?"

"해명?"

"네. 화성에 있는 증인의 회사 앞 카메라입니다. 한번 보시겠습니까?"

동영상을 재생하자 그 너머에서 퇴근하는 사람들의 모습이 보였다.

"이 안에 있는 이 사람, 증인 맞지요?"

"어……."

"회사 측에 확인해 보니 저녁 10시 50분경에 퇴근했다고 하던데요."

"……."

"그런데 사건이 벌어진 시간은 10시 30분경입니다. 증인은 어떻게 퇴근도 하기 전에 현장에 있을 수 있었던 겁니까?"

"그게……."

얼굴이 사색이 되는 증인.

'쯧쯧, 세상 만만하게 봤군.'

"하아."

너무나도 많은 위증 혐의가 나왔기 때문에 판사는 한숨만 쉴 수밖에 없었다.

"증인, 지금 위증한 겁니까?"

"그게…… 전…… 그냥……."

"증인, 자수하면 정상참작됩니다."

증인은 울먹거리면서 입을 열었다.

성인이라고 하지만 스무 살밖에 되지 않은 사회 초년생이라 세상이 무서운 걸 몰랐던 것이다.

"전 그냥 부탁받았을 뿐입니다. 나중에 거하게 한턱 쏜다고……."

"누가 말입니까?"

"팔관이, 아니 박팔관에게서……."

판사는 고개를 절레절레 흔들었다.

이쯤 되면 자신이 봐주고 싶어도 봐줄 수가 없게 된다.

"경위, 증인을 위증죄로 체포하세요."

"판사님! 잘못했습니다!"

그는 아차 하는 마음에 울부짖었지만 이미 버스는 떠난 후였다.

"박팔관은 위증 교사 혐의로 고발하도록 하겠습니다. 그리고……."

판사는 노형진을 보면서 허탈하게 말했다. 사실상 결론이나 있었기 때문이다.

"다음 판결 기일을 선고하겠습니다."

⚖

박팔관은 당황스러웠다.

사건이 끝났다고 생각했는데 자신을 찾아와서는 합의금을

내놓으라고 하고 있기 때문이다.

"너무하는 거 아닙니까!"

그러나 그는 도리어 화를 버럭 냈다.

"우리는 이미 벌금을 냈고 모든 사건이 끝났는데 왜 그걸 자꾸 들추는 겁니까?"

'이거, 완전히 적반하장이구먼.'

노형진은 그런 박팔관을 보면서 피식 웃었다.

'뭐, 이해가 안 되는 건 아니다만.'

아마도 그는 학교에서 극심한 왕따를 당하고 있을 것이다.

실제로 박팔관과 그 패거리는 노형진의 예상대로 아예 사람 취급을 못 받고 있었다.

공식 행사, 비공식 행사 어느 쪽도 불러 주지 않았고, 심지어 훈련하기 위해 가도 누구 하나 그들을 상대해 주지 않았다.

'젠장.'

그 뒤에 상대방 변호사가 있다는 사실을 알았을 때 박팔관은 눈깔이 뒤집히는 줄 알았다.

설마 만만하게 본 사건이 이렇게 자신들의 인생을 박살 낼 거라 생각하지 못했던 것이다.

'이런 염병. 그 새끼들을 건드리는 게 아니었는데.'

그는 자신이 공부를 못한다는 것에 약간의 자격지심을 가지고 있었다. 그래서 그날 한국대 법대에 다니는 녀석들을 보고 자격지심이 폭발해서 시비를 걸었다.

그게 이렇게 문제가 될 줄은 몰랐다.

"자꾸 들추는 게 아니라 적당히 합의하자고 하는 겁니다. 합의서가 없으면 좋을 게 없을 텐데요?"

"웃기는 소리! 누구 좋으라고!"

위계가 확실한 한국의 체육계에서 자신들의 처지가 되면 제대로 운동하는 건 글러 먹은 셈이다. 졸업이나 제대로 하면 다행이다.

다른 학교로 가고 싶어도 학연과 지연으로 파벌이 완성되어 있기 때문에 아무 소용 없는 것이 현실.

그런 상황이니 노형진의 말대로 합의하고 싶은 생각이 전혀 들 리 없다.

"그러면 법대로 하고요."

"흥! 나도 주워들은 게 있다고! 다 끝났어! 일사부재리의 원칙이라고, 아는가 몰라!"

어디서 주워들은 걸 가지고 다 끝났다고 주장하는 박팔관.

물론 노형진의 입장에서는 재롱만도 못한 개소리에 지나지 않았다.

"일사부재리의 원칙이 뭔지는 압니까?"

"뭐?"

"일사부재리의 원칙의 정확한 뜻은 아느냔 말입니다."

"당연하지. 재판을 다시 못 한다는 거 아냐!"

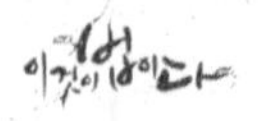

대부분 이렇게 생각한다, 한번 끝난 재판은 더 이상 안 받아도 된다는.

그런데 이건 반만 아는 것이다.

"일사부재리의 원칙은, 동일한 범죄에 대해 두 번 처벌하지 않는다는 규정이지요."

노형진은 고개를 빳빳하게 들고 있는 박팔관에게 천천히 설명해 주기 시작했다.

"맞습니다. 당신은 벌금형을 받은 걸 알고 있지요."

딱 거기까지는 일사부재리의 원칙이 적용된다.

"하지만 일사부재리의 원칙에는 다른 예외 조항이 있지요."

"예외 조항?"

예외 조항이라는 말에 움찔하는 박팔관.

"증거를 조작하거나 증언을 조작하여 위계를 통하여 법원의 판결을 받아 낸 경우, 일사부재리의 원칙은 성립하지 않습니다."

"뭐라고?"

"판사가 바보입니까? 국가가 바보예요? 그걸 그냥 둘 거라고 생각했습니까?"

만일 그런 논리대로라면 누구든 증거와 증인을 조작해서 일단 판결을 최대한 유리하게 받아 내려고 할 것이다.

그걸 받아 낸 후에는 진실이 드러나도 다시는 처벌받지 않을 테니까.

"그렇게 증거를 조작하거나 증언을 조작하면 원칙이 성립되지 않는데, 이거 어디서 많이 들어 본 말이지 않습니까? 아니, 해당되는 말이라고 해야 할까요?"

박팔관은 움찔했다.

그럴 수밖에 없는 게, 자신들은 스스로 옷을 찢고 자해해서 쌍방 폭행으로 꾸민 데다가 증인까지 만들어 내서 상대방이 때렸다고 했기 때문이다.

"아직 소식을 못 들었나 본데, 증인으로 나왔던 박팔관 씨 친구분은 위증죄로 법정 구속되었습니다."

"뭐…… 뭐라고요?"

아까와 다르게 존댓말로 바뀌는 박팔관.

안 그래도 증언 이후에 다시 연락 준다고 했던 친구와 연락이 되지 않아서 불안해하고 있던 차였다. 그런데 위증죄로 법정 구속되었다니?

"그리고 본인들이 했던 자해 행위도 증명되었구요."

"거짓말!"

"글쎄요. 공원에는 카메라가 없다고 생각한 모양이죠?"

얼굴이 사색이 되는 박팔관.

사실 공원에는 카메라가 없다. 정확하게 말하면, 자해를 하는 장면을 찍은 카메라는 없었다.

'하지만 이놈이 알 게 뭐야?'

어차피 거기서 자해한 것은 확실하다. 그래서 사건이 길어지기 전에 합의하러 온 것이지, 그에게 의뢰받으러 온 건 아니다.

"이제 여러분들에게는 세 가지 죄목이 추가될 겁니다. 일단 첫 번째는, 형법 261조 1항의 처벌 규정에 따라서 처벌받게 될 겁니다."

"흥, 그딴 벌금 따위, 내가 무서워할 것 같아?"

한번 벌금이 나왔기 때문에 이번에도 그래 봤자 벌금이나 나올 거라 생각한 건지, 박팔관은 만만하게 비웃으면서 바라봤다.

하지만 그건 그의 착각이었다. 상황이 바뀌면서 법률의 적용도 바뀌었기 때문이다.

"쌍방이라면 일반 폭행이지만 이 건은 애석하게도 쌍방이 아닙니다. 그러니 당연히 전에처럼 벌금은 안 나올 겁니다. 그리고 여러분들은 단체와 위험물 소지가 걸립니다. 그건 특수 폭행이지요. 단체라는 게 무슨 뜻인지 모르지는 않으실 테고."

노형진은 어느새 눈빛이 떨리고 있는 박팔관에게 웃으면서 설명하기 시작했다.

자신들이 절대적으로 유리하다는 것을 확실하게 전달하기 위해서였다.

그럴 수밖에 없는 게, 일단 다섯 명이 두 명을 일방적으로 구타했다. 그건 누가 봐도 단체다. 그러니 당연히 처벌이 강해질 수밖에 없다.

"운동하는 분이시니 위험물 소지가 왜 성립되는지는 알 것 같은데요?"

노형진은 그 부분은 역시 따로 설명하지 않았다.

그럴 필요가 없는 게 운동, 특히 격투기를 하는 사람들은 스스로 알고 조심하는 부분이기 때문이다.

무슨 뜻이냐면, 격투기 계열을 익힌 사람들 중 일정 이상의 실력을 가진 사람이라면 그 자체가 바로 위험물로 취급된다.

특히 유도는 몸 자체를 쓰는 무술이고, 충격 방지 매트 같은 것이 없는 콘크리트 바닥이나 아스팔트 바닥 등에서 메치기 한 번이면 어지간한 흉기로 내리치는 것보다 더 강한 충격을 준다.

'그리고 아무리 공부를 안 했어도 그 소리를 못 들었을 리 없지.'

스스로가 흉기라는 것을 감독들이 끊임없이 주의를 주기 때문이다.

"거기에다 무고죄와 위증 교사까지 하셨으니 빼도 박도 못 하실 테고……."

"헉!"

설마 법의 적용이 그렇게 바뀔 거라 생각하지 못한 박팔관은 얼굴이 사색이 되었다.

"아마 주변에 물어보면 아시겠지만, 폭행 사건은 합의서의 위력이 생각보다 강하지요. 뭐, 안 하셔도 상관은 없습니다. 민사라는 좋은 제도가 있으니까요. 감옥에 갔다 오셨을 때 뭐가 남을지는 모르겠네요."

노형진은 웃으면서 설명하고 있었지만 그 미소가 박팔관에게는 마치 악마처럼 보였다.

⚖

"정산 끝났습니다."

변호사 비용까지 깔끔하게 털어 내고 나자 차지성과 유관민은 통장을 보면서 멍해진 기분이었다.

"깽값 한번 끝내주네요."

"깽값?"

손채림은 그걸 듣고는 고개를 갸웃했다. 처음 듣는 단어였기 때문이다.

"아, 싸워서 다친 것에 대해 배상받는 걸 깽값이라고 해. 뭐, 법률 용어는 아니지만 흔하게 쓰는 용어이기는 하지."

"아, 하긴…… 깽값 한번 끝내주지."

손채림은 두 사람의 마음이 이해가 갔다.

특수 폭행에 무고까지 엮이는 바람에 그들은 감옥에 가기 싫어서라도 합의해야 했고, 그 결과 1인당 1천만 원씩 합의금을 내야 했다.

그러니 다섯 명이 합쳐서 5천만 원. 피해자인 두 사람이 변호사비를 내고도 대략 4,600만 원이 남은 것이다.

"순순히 내주던가요?"

"안 낼 수가 없지요."

두 가지 범죄만 해도 실형이 나올 가능성이 높다.

더군다나 위증 교사까지 붙어 있는데, 위증 교사의 경우는 국가에 대한 범죄다.

"만일 세 가지가 엮이면 실형을 피할 수 없거든. 더군다나 그때는 집행유예 같은 건 안 나올 거야."

"그렇기는 하겠네."

그나마 특수 폭행과 무고는 합의라도 해서 형량이라도 줄일 수 있다. 만일 그게 안 되면 진짜 그들은 감옥에 갈 수밖에 없다.

"이제 알바는 그만둬도 되겠네요."

차지성과 유관민은 함박웃음을 지었다.

안 그래도 등록금 때문에 알바를 하면서 공부하느라고 고생이 심했다.

이 정도면 졸업할 때까지는 아니더라도 당분간은 알바를 하지 않고 공부에 집중할 수 있다.

"그냥 공돈이라고 생각하지 마세요. 나중에 수많은 피해자들에게 갚아야 할 돈입니다."

"그런가요?"

"배워서 남 주냐는 말이 있지요. 그런데 법은 남을 주기 위해 배워야 합니다. 억울한 사람들을 돕고 피해자들을 구제하기 위해서 말입니다. 변호사가 아니라 판사나 검사가 된다고 하더라도, 그 생각은 절대로 잊어버리면 안 됩니다."

노형진은 후배 법조인이 될 그들에게 그렇게 말했고, 두 사람은 그 말을 곱씹으면서 돌아갔다.

"이제 사건 하나 끝났네."

"그런데 진짜 네가 말한 대로 해결되었네?"

"뭐가 말이야?"

"애초에 실익이 없어서 보통은 항고 안 한다면서?"

"그러니까 방법을 찾는 게 우리 일이지."

길을 찾고 그곳으로 그들을 인도하는 것이 변호사의 일이다. 그래서 의뢰인을 구하는 것이 사명이다.

"그나저나 그들은 어떻게 될까?"

"가해자들?"

"그래."

"뭐, 운동은 글렀다고 봐야지."

그들은 배신자로 찍혀 있고 그러면 운동계에서는 버틸 수가 없다. 파벌 위주인 한국의 운동계에서 찍혀 버린 자들이 할 수 있는 것은 없다고 봐도 무방하다.

"애초에 출전 자격 자체도 주지 않을 테니까."

"약간은 불쌍한데?"

그들의 미래가 몰락했다는 생각에 손채림은 약간은 안타깝다는 듯 말했다.

"불쌍할 거 없어. 운동을 못 한다는 게 굶어 죽는다는 건 아니야."

"그런가?"

"그래. 그리고 그런 녀석들이 나중에 금메달리스트가 되는 게 국가에 도움이 될 거라 생각해?"

"아니. 도리어 그런 녀석들이 따오는 금메달이라면 내가 사양하겠어."

"운동의 기본은 페어플레이야, 조작과 위증이 아니라. 가장 기본적인 상식조차 없는 녀석에게는 페어플레이의 정신이 필요한 운동은 의미가 없지."

실제로 그들은 이 사건 이후에 얼마 지나지 않아서 결국 학교를 그만둔다. 그리고 누구도 신경 쓰지 않는 인생을 살아가게 된다.

"그리고 걱정하지 마. 한국에 그들을 넘어서는 재능을 가진 사람은 많으니까."

그리고 그들의 페어플레이 정신이 도리어 나라를 빛내리라는 것을 노형진은 믿고 있었다.

술 먹으면 개

"이건 말도 안 됩니다!"

노형진 앞에서 분노해서 날뛰는 사람은 다름 아닌 피해자의 가족들이었다.

"자, 진정들 하세요."

노형진은 피해자의 가족들을 진정시키면서 계속 이야기할 수 있게 만들려고 했다.

"이렇게 흥분할수록 저희한테 의뢰가 늦어지고, 의뢰가 늦어질수록 저희가 대응할 수 있는 시간이 줄어듭니다."

"후우, 후우."

남자는 애써 심호흡하면서 마음을 가다듬었다.

"좋습니다. 그렇게 진정하세요."

오랜만에 노형진에게 배당된 사건이었다. 당연히 노형진이 인정할 정도로 난이도가 높았다.

“도대체 왜 검찰이나 판사는 그런 터무니없는 말을 하는 겁니까?”

“억울한 부분은 저희도 잘 압니다. 하지만 형사에서는 저희가 할 수 있는 게 그다지 없습니다.”

“그러면 여기까지 온 게 의미가 없단 말입니까?”

“그게 아니라, 여러분들이 만족할 만한 처벌이 나오지는 않을 가능성이 높다는 뜻입니다.”

“아니, 사람 인생을 그렇게 망가트리고 처벌을 안 받는다는 게 말이 안 되잖습니까!”

“압니다. 이해합니다. 그렇지만 흥분만으로는 아무것도 하지 못하니까요. 그러니까 진정하시고 천천히 말을 하세요.”

남자는 애써 심호흡을 했다.

“여기 시원한 물이라도 한잔하고 진정하세요.”

함께 사건을 듣고 있던 손채림이 냉수를 가지고 오자 그걸 받아 든 남자는 속에서 열불이 나는 건지 멈추지 않고 한 번에 쭈욱 들이켰다. 그리고 숨을 잠시 참았다가 ‘하아.’ 하는 소리와 함께 깊게 한숨을 내쉬었다.

“죄송합니다. 그때만 생각하면 기가 막혀서요.”

“저도 이해합니다.”

노형진은 이해가 간다는 듯 고개를 끄덕거렸다.

"솔직히 우리나라 법, 아니 재판부의 가장 큰 문제이기는 하지요."

"아니, 피해자들에게 관심이나 있는 건지……."

'있을 리 없지.'

노형진은 안타깝게 생각했다.

애석하게도 대한민국의 사법 체계는 철저하게 피해자를 배제한다.

물론 복수가 좋은 것은 아니다. 현행법에서도 복수는 불법이다.

그렇다면 사법부가 그들의 마음을 헤아리고 처벌해야 하는데, 이런 사건은 사법부가 제대로 작동되지 않는다는 가장 강력한 증거 중 하나였다.

"도대체 그 정도 폭행에 집유가 나오는 이유가 뭡니까? 말이 안 되잖아요!"

"그게 한국이지요."

손채림도 사실을 아는지 씁쓸하게 말했다.

"솔직히 방법이 없어서 오기는 했지만, 모르겠습니다…… 저희가 어떻게 할 수가 있을는지."

한참 마음을 가다듬은 남자는 힘겹게 입을 열었다.

"한준식 씨의 마음은 압니다. 솔직히 우리 변호사들도 그 부분에 대해서는 할 말이 없네요. 잘못된 방법을 가장 많이 쓰는 사람들이 바로 변호사니까요."

"큭."

"아, 물론 우리가 쓴다는 건 아닙니다."

노형진은 다시 발끈하려는 그를 진정시켰다.

"죄송합니다. 요즘은 너무 화가 나서 속에서 울화통이 터집니다."

"이해합니다. 아내분은 어떠신가요?"

"자살 시도를 두 번이나 해서 병원에 가 있습니다. 너무 화가 나서 검사한테 읍소해서 항고하기는 했지만……."

'2심에 간다고 해서 바뀔 것 같지는 않단 말이지.'

노형진은 힐끗 사건을 보면서 속으로 중얼거렸다.

'거참, 이것도 골치 아픈 문제야.'

애초에 노형진에게 배당된 순간부터 쉬운 사건은 아닐 거라는 것을 알고는 있었지만, 그래도 이건 골치 아픈 문제이기도 하다.

'법이 잘못되어 있다고 하지만 그걸 고칠 생각을 안 하니.'

한준식은 신혼이고, 몇 달 전 결혼했다. 그것까지는 좋다.

그런데 아내가 전에 다니던 회사의 과장이라는 인간이 찾아와서는 혼자 있는 아내를 무차별적으로 폭행했고, 그로 인해 아내가 심각한 트라우마에 시달리게 된 것이다.

그 과정에서 임신 3개월이던 아내는 유산까지 했고 그건 신혼부부에게 청천벽력 같은 소리였다.

'그런데 처벌은 집행유예라……."

징역 2년, 집행유예 1년.

물론 엄밀하게 말하면 징역 2년이라는 기록이 남아 있으니 처벌이 맞기는 하다. 문제는 집행유예.

"아니, 그런 녀석을 그냥 둔다는 게……."

"그러게 말입니다."

집행유예가 떨어지면 말 그대로 형은 집행되지 않는다. 그리고 그 1년 내에 또 사고를 치면 그 2년을 합쳐서 처벌한다.

문제는 그 1년간 사고만 안 치면 처벌을 안 받는다는 점이다.

"2년도 터무니없이 짧은데 거기에 집행유예 1년? 지금 장난합니까?"

"이해합니다. 하지만 이건 사법부, 아니 대한민국 법조계의 심각한 문제라서요."

처벌이 너무 가벼운 것도 문제지만 다른 문제가 있다. 한준식이 화를 내는 것은 바로 그 이유 때문이었다.

"술이라니요! 세상 남자들은 술만 먹으면 다 개가 된답니까?"

"그럴 리가요."

노형진은 씁쓸하게 말했다. 그럴 리 없다.

"하지만 현행법상 술로 인한 심신상실은 확실히 감량의 기준이라서요."

"그게 말이나 되느냐고요!"

가해자는 그날 술을 먹고 폭행했다. 이에 재판부는 음주로 인한 심신상실을 이유로 고작 징역 2년, 집행유예 1년을 선고한 것이다.

피해자는 자살까지 시도하는 판국에.

"그걸 또 받아들이려고 하는 검사도 그렇고!"

한준식은 너무 억울해서 따지려고 했다. 하지만 검사는 어차피 이게 한계라면서 들은 척도 하지 않았다.

한국에서 형사의 권한은 검사만 독점하고 있기 때문에 할 수 있는 것이 없었던 한준식은 억울한 마음에 매일같이 검사를 찾아갔고, 심지어 나중에는 대출을 받아서 돈을 들고 찾아가기까지 했다.

그러자 검사가 그걸 보고 한숨을 쉬면서 그러면 난 모른다는 식으로 말하면서 항고해 사건을 가까스로 계속 진행할 수 있게 된 것이다.

'이상한데?'

터무니없이 낮은 형량이 나왔다. 그렇다는 것은 검사도 항고할 이유가 충분하다는 것이다.

더군다나 자신이 보기에는 이건 계획적으로 찾아간 거다. 그런데 검사가 그걸 모를까?

"그랬더니 상대방도 항고하더라고요. 그런데 그 이유가 뭔지 압니까? 처벌이 너무 강해서랍니다."

음주로 인한 심신미약을 이유로 항고했지만 상대방 역시 형벌이 과하다면서 항고했다.

상식적으로 그게 과한 형벌은 아니지만, 항고하지 않으면 처벌이 강해질 것을 두려워한 것이다.

'말이 되냐, 미친 새끼.'

아무리 출생 전이라고 하지만 애가 죽었다. 피해자의 입장에서는 자식을 죽인 살인범이나 마찬가지다.

그런데 그게 과하다고 항변하다니.

"여기저기 물어봤지만 다들 방법이 없다고 하더군요. 고작해야 의견서를 내는 정도라고."

"맞습니다. 형사에서는 피해자 측 변호사들이 할 수 있는 게 없어서요."

"그러면 무슨 의미가 있는데요? 1심에서는 뭐 안 내 봤습니까? 억울하다고 탄원서도 내 보고, 강하게 처벌해 달라고 요구도 했습니다. 그런데 징역 2년에 집행유예 1년요? 장난해요? 그 새끼한테는 피해 갈 게 하나도 없잖아요!"

그 과장이라는 인간은 사장의 조카라고 한다. 그러니 이런 일을 저질렀다고 해서 회사에서 잘릴 리도 없다.

'도리어 다른 직원들이 범죄에 노출되겠지.'

노형진으로서도 참 갑갑한 노릇이었다.

"그러던 중에 선배가 그러더군요. 여기는 어떻게 해서든 길을 찾아 준다고요."

"어떻게 해서든까지는 아니고, 최대한 노력하기는 합니다."

"원하는 대로 드리겠습니다. 그 새끼 좀 죽여 주세요."

"애석하게도 사형은 불가능하고요."

"사형을 시켜 달라는 게 아닙니다. 최소한 합당한 벌은 받아야 하는 거 아닙니까!"

'그게 문제라고요, 이 사람아.'

술까지 처먹고 범죄를 저지르면 대한민국에서는 처벌하기가 쉽지 않다.

"일단은 저희가 사건을 담당하겠습니다."

"확실하게 처벌할 수 있는 겁니까?"

"그건…… 모르겠네요."

노형진은 화를 내는 한준식에게 미안한 듯 그렇게 말하는 것 말고는 할 수 있는 것이 없었다.

"완전 개 같네."

손채림은 그다지 욕설을 쓰지 않는 타입이다.

어려서부터 가정교육을 칼같이 받아서 욕설이라는 것을 극도로 안 좋게 생각하기 때문이다.

하지만 그런 그녀도 여자 입장에서 이번 사건은 욕이 안 나올 수가 없는 사건이었다.

아이가 죽었으니 어머니가 될 예정이었던 그녀가 정신과를 다니지 않을 수가 없었으리라.

"개 같지."

"아니, 술이 무슨 마법의 주문이야? 그것만 먹으면 심신상실이게?"

"그러니까. 우리나라는 심신상실을 너무 폭넓게 인정해 준다니까."

전 세계적으로 술을 먹고 범죄를 저지르는 자들을 선처하는 것은 대한민국뿐이다.

물론 다른 나라들에도 규정은 있다. 미국도 있고 일본도 있다.

그러나 미국의 경우 그 넓은 땅에서 많아야 한 해에 열 건도 채 심신상실이 인정되지 않는다. 그나마도 인명 피해가 관련되면 절대 인정해 주지 않는다.

일본의 경우 역시 관련 법이 있기는 하지만 일본의 법과대학에서는 강의를 할 때 아예 사문화된 규정이라고 한번 쓱 보고 신경 쓰지 말라고 한다.

애초에 법원이 인정을 거의 안 하기 때문이다.

하지만 한국은 툭하면 가해자들이 주장하는 것이 주취로 인한 심신상실이었다.

그리고 다른 나라에 비해 대한민국은 그 주취로 인한 심신상실을 상당히 인정하는 국가다.

"도대체 왜 그러는 거야?"

"아마 알 거 아냐? 우리나라에서 그 이유를 모르는 사람은 없을 것 같은데?"

손채림은 씁쓸한 얼굴이 되었다.

"그렇겠지."

주취로 인한 심신상실을 인정받기 위해서는 변호사의 능력이 절대적으로 중요하다.

술만 먹었다고 다 인정되는 게 아니다. 당연히 변호사의 능력이 절대적으로 필요하고, 그 능력 중에는 판사와의 인맥도 들어간다.

"일반인이 술 먹고 사고 쳐 봐. 무슨 일이 벌어지겠어?"

"당장 처벌은 안 받더라도 사회적으로 매장당하겠지."

"그래, 그거야."

가령 어떤 남자가 술을 먹고 강간했다고 치면, 일단 그가 직장에서 해직당하는 것은 기본일 테고 주변에서 인간 망종 취급하면서 상종도 안 할 것이다. 만일 결혼했다면 이혼소송이 벌어질 가능성도 농후하다.

"그렇지만 윗대가리들은 아니지."

그들은 사고를 치고 이렇게 말한다, 한국은 술을 먹고 저지른 실수를 탓하지 않는다고.

술을 먹고 실수한 것은 탓하지 않는다는 대한민국의 잘못된 문화.

그게 위 놈들에게는 일종의 자기방어 시스템인 것이다.

'누구는 술도 똥줄 타 가면서 먹어야 하는데.'

실제로 회귀 전에 담당했던 사건 중에는 직원이 술을 먹고 사장에게 '야!'라고 반말한 사건이 있었다.

그리고 다음 날 해직당해, 노형진이 그의 부당 해고 취소 소송을 담당했다.

'이기기는 했지만…….'

이기기는 했다.

그래서 그는 복직했지만, 다음 주에 이라크 지부로 전출 명령이 났다.

웃긴 건 그 회사가 보일러 회사라는 것. 애초에 이라크에 지부가 있을 이유가 없다.

그런데 이라크 진출을 목적으로 한다고 난데없이 이라크에 지점을 낸 후 자를 사람들을 모조리 거기에 배치한 것이다.

뜨거운 중동인 이라크가 보일러를 쓸 이유가 없으니 발령받은 사람은 셋 중 하나의 상황에 처하게 된다.

전쟁 중인 이라크에 가서 테러 단체에 잡혀 참수당하거나, 보일러 못 팔아서 징계로 해직당하거나, 스스로 그만두거나.

물론 하층민 중에도 술을 먹고 사고 치는 놈들이 있기는 하다. 하지만 그런 녀석들은 대부분 제대로 된 녀석이 아니라 사회와 단절된 그냥 주폭, 그러니까 술에 취하면 깡패가 되는 녀석들이다.

"일반적인 사람들은 인생이 달려 있으니 이런 터무니없는 짓거리는 안 해."

"후우, 이거 언제 없어질까?"

"글쎄다……. 없어지긴 할까?"

노형진은 어깨를 으쓱했다.

자신이 미래의 기억을 가지고 있지만 그 어디에도 그 법이 사라진 기억은 없다.

마치 마법처럼, 술을 먹고 사고 친다는 말은 강간범이나 폭행범, 성추행범 등이 가장 많이 사용하는 말 중 하나였다.

"그나저나 이 사건을 어떻게 해결한다?"

"그러게……."

형사사건이라는 점에서 자신들이 할 수 있는 것은 한계가 있다. 의견서 정도야 낼 수 있지만 그건 이미 냈었다고 하니 의미가 없다.

"검사에게 말하면 사건을 진행하는 데 도움을 주지 않을까?"

"글쎄. 그건 확실하지 않아."

"응?"

"아까 말했잖아, 검사가 항고하려고 하지 않았다고. 아무리 검사가 일하기 싫어해도 이렇게 터무니없는 결과가 나왔는데 항고를 안 하는 경우는 드물거든."

"그게 무슨 소리야?"

"정상적인 상황이 아니라는 소리지."

애초에 정상적인 상황에서 이런 터무니없는 판결이 나왔다면 항고했을 것이다.

그런데 이런 터무니없는 판결문을 받고도, 뇌물을 들고 가고 나서야 항고했다는 것은 그다지 자질이 없는 놈이라는 뜻이 된다.

'더군다나 또 그 돈을 받은 것도 아니란 말이지.'

돈을 들고 찾아갔지만 그 돈을 받지는 않고 항고해 줬다고 한다.

'그러면 돈을 노린 것도 아니란 말이야.'

노형진으로서는 영 꺼림칙한 사건이었다.

"아마도 우리가 찾아간다고 해도 우리를 사건에 끼워 주지는 않을 거야."

"다른 사람들은 몰래 해 줬잖아?"

"그렇게 정의감 넘치는 검사는 드물어."

엄밀하게 말하면 변호사가 형사사건에 끼는 것은 불법이다. 몇몇 검사들이 모른 척하면서 끼워 주기도 했고 조언을 받기도 했지만, 그건 어디까지나 개인적인 정의심의 발로에서 그런 거지 실제로는 해서는 안 되는 일이다.

"그런데 정작 그런 사람들이 도리어 징계 대상이라는 거지."

상대방 검사는 어떻게 해서든 사건을 멈추려고 하는 느낌이 강했다. 그런데 자신들을 끼워 넣으려고 할 리 없다.

"아무래도 이번에는 검사의 도움은 기대하기 힘들 것 같은데."

"그러면 민사로 가?"

"민사가 방법이기는 한데. 그런데 솔직히 민사는 그다지 의미가 없을 것 같은데."

"응?"

"사장 조카라잖아. 민사 해 봐야 잘해야 한 5천이나 나올걸."

"엄밀하게 말하면 살인 아니야?"

"애석하게도, 현행법상 살인은 아니야."

부모 입장에서는 자식이 죽었으니 억울하겠지만 우리나라의 판례에 따르면 자연인, 즉 사람으로 취급받는 시점은 진통설을 따르고 있다.

즉, 출산이 임박하여 통증이 왔을 때를 기준으로 해서 사람으로 보는 것이다.

"임신 3개월은 살인이 아니라 상해일 뿐이야. 그것도 치료될 수 있는 상해. 그러니 피해자가 아무리 억울해도 살인죄로 처벌하지는 않아. 결국 민사로 해 봐야 아까 말했다시피 5천이 한계야. 그것도 판사가 이쪽 편을 들어 주고 검사도 그 녀석을 죽이려고 들고, 하여간 모든 게 다 불리하다고 해도 말이야. 아마 잘해 봐야 3천 정도일걸."

"고작?"

"그래, 고작 그 정도지. 그리고 그건 그 녀석에게는 그다지 피해가 될 수가 없어."

"어째서? 고작이라고 하지만 3천이면 적은 건 아닌 것 같은데."

노형진은 모니터를 돌려 인터넷에서 찾은 자료를 손채림에게 보여 줬다.

그러자 거기에 나온 회사의 규모를 보고 손채림은 기가 질려 버렸다.

"헐."

"직원이 오백 명이 넘어. 그곳은 작은 회사가 아니야. 그런 곳의 조카인데 사장이 안 갚아 주겠어? 그들에게 1억은 돈도 아니라고. 그리고……."

"그리고?"

페이지를 넘기자 거기에 나오는 이름들. 회사의 주요 임직원의 이름이 공시되어 있었다.

그리고 그 공시된 목록에서 손채림은 익히 아는 이름을 찾을 수 있었다.

"설구강 부장? 부장? 잠깐, 아까 과장이라고 하지 않았어? 그런데 왜 부장이야?"

분명히 피해자 남편인 한준식은 과장이라고 했다. 그런데 임원 목록에는 부장으로 표시가 되어 있다.

"사고 쳐서 강등당했나? 그래서 과장으로 알고 있던 건가?"

"그랬으면 한준식이 부장으로 알고 있지, 과장으로 알고 있지는 않지."

"그럼?"

"승진한 거지."

"이 상황에?"

"그래. 이해가 가지?"

이 정도 사건을 회사에서 모를 리 없다. 그런데 징계는커녕 도리어 부장으로 승진되었다.

"더군다나 나이가 고작 스물아홉 살이야. 이해가 가?"

고작 스물아홉 살에 직원 오백 명짜리 기업의 부장을 달고 있다, 그것도 사고를 친 상황에서.

"제대로 실드 치겠다 이거구나."

"그래. 이쪽은 이미 민사 감안하고 준비하고 있는 거야."

과장의 월급이 많다고 해 봐야 연봉 6천만 원 정도다. 그렇지만 부장급쯤 되면 1억 이상이 될 수도 있다.

아니, 1억 이상 줄 게 뻔했다.

"기업의 인원이 오백 명쯤 되면 작은 규모가 아니야. 그러니 감사가 있어서, 아무리 자기 회사라고 해도 돈을 퍼 줄 수는 없으니까."

그러면 감사에 걸릴 수도 있다.

이 정도 규모가 되는 기업에 외부 투자가 없을 리 없으니, 그렇다는 건 그들이 항의하면 문제가 생긴다는 뜻이다.

"그러니까 부장으로 올려서 돈을 주려는 속셈이야."

"큭."

너무나 뻔하게 보이는 속셈에 손채림은 어이가 없었다.

"투자자들이 안 잘라?"

"투자는 인성이 아니라 가치를 보고 판단해. 그리고 애석하게도 이 기업의 가치는 상당히 높거든. 공시 같은 걸 봐서는, 사장이 인성은 쓰레기인 것 같지만 유능한 모양이고."

그렇다면 투자자들은 불만이 없다. 일단 자신들에게 돈을 줄 테니 말이다.

"아니, 다 가진 놈이 왜 그런 짓을 한 거야?"

손채림은 이해하지 못한다는 얼굴이 되었다.

⚖

"차 버렸거든요. 아니, 찬 것도 아니죠. 거절했다고 하는 게 맞겠네."

"네?"

일단 일을 시작하면서 가장 먼저 확인한 것은 왜 그렇게 심각한 폭행이 벌어졌느냐 하는 것에 대한 조사였다.

상식적으로 남의 집에 들이닥쳐서 폭행하고 유산시킨다는 것은 말도 안 되는 짓이기 때문이다.

그리고 그 증언은 어렵지 않게 나왔다. 직원들이 많으니까.

"언니가 원래는 조립부에 있었어요. 그런데 난데없이 서무과로 발령이 나더라고요."

"그래요?"

"네. 갈 이유가 없었는데 말이지요."

애초에 입사를 조립 쪽으로 했기에 서무에 관해서는 아는 게 전혀 없었다. 그런데 난데없이 서무과로 발령된 것이다.

“시간이 지난 후에 알았지요, 설구강 그 개자식이 발령 냈다는 걸.”

“개자식?”

“우리는 그 새끼를 발정 난 개자식이라고 불러요. 반반한 얼굴만 보면 발정 나서 날뛰어서요.”

“그래요?”

“네. 언니한테는 특히 좀 심하게 집착하기는 했죠. 우연히 본 모양인데, 그 후부터 아주 미쳐서 날뛰었죠.”

피해자인 강성아가 발령을 받은 이후에도 설구강은 끊임없이 추파를 던지면서 귀찮게 했다고 한다.

“하지만 언니는 관심도 없었어요. 그랬더니 나중에는 회사 앞에다가 출장 레스토랑을 불러 놓고 다이아 반지까지 들고 나타났다니까요.”

“회사에요?”

손채림은 다시 한 번 물었다.

조용한 곳도 아니고, 수백 명이 일하고 있는 회사에서 그랬다고?

‘미친 거 아냐?’

여자들이 이벤트를 좋아하기는 한다. 그건 사실이다.

그러나 그건 어디까지나 상대방이 내 남자일 때, 그리고 부담이 되지 않을 때의 얘기다.

하지만 설구강은 내 남자는커녕 피하고 싶은 인간이다.

그런데 수백 명이 보는 앞에서 출장 레스토랑까지 부른다?
'완전 개념 엿 바꿔 먹었네.'
딱 봐도 돈만 있으면 어떤 여자든 취할 수 있다는 생각을 하는 게 느껴지는 행동이었다.
"그래서요?"
"언니는 당연히 가뿐하게 씹었지요."
그 당시 이미 한준식과 사귀는 사이였고 더군다나 결혼까지 약속한 입장에서 발정 난 개새끼라는 설구강을 만나려고 할 이유가 없다.
"그래서 결혼을 하자마자 그만둔 건가요?"
"네."
그런 미친놈이 있는 회사라면 당연히 그만두려고 할 것이다.
하물며 애까지 생긴 상황에서는 그 미친놈의 존재 자체가 스트레스이니 아이한테 좋을 리 없다.
"그 후에는 뭐 바뀐 건 없어요?"
"성격이 더 지랄 같아진 거? 자기를 배신했다고 게거품을 물면서, 복수하겠다고 길길이 날뛰었다네요."
"복수하겠고? 배신?"
"웃기네. 웬 배신? 사귀는 사이도 아닌데?"
"그러니까요. 말이 돼요?"
배신이라는 것도 서로 어떤 사이가 되어야 성립되는 거지, 아무 사이도 아닌데 배신이라니.

"전형적인 스토커인데?"
"응?"
"그런 거 있잖아, 혼자서 북 치고 장구 치고 그러면서 그게 진실이라고 믿는……. 이걸 무슨 병이라고 하던데."
"리플리 증후군?"
"뭐, 비슷할 거야. 하여간 자기 머릿속에서는 이미 자기들이 결혼하기로 한 걸로 생각하고 있었을지도 모르지."
그런 상황에서 난데없이 다른 남자와 결혼했으니 분노할 수밖에 없는 것이다.
"하여간 몇 달간 좀 조용하다 싶었지요."
"몇 달간 조용했다고요?"
"네."
결혼한 후에 처음 한 달간은 난리도 아니었다고 한다.
"형부는 모를 거예요."
"모르다니요?"
"차단해도 자꾸 다른 번호로 거니까 핸드폰도 바꾸고, 신혼집도 비밀로 하고……."
"아!"
"그러니까 나중에는 제풀에 지쳤는지 포기하더라고요."
'포기한다?'
그럴 리 없다.
노형진이 알기로는 그런 정신병을 가진 사람이 자신의 세계를 배신한 이를 용서하는 것은 결코 쉽지 않은 일이다.

아니, 거의 불가능하다고 봐도 무방하다. 수십 년 동안 그 원한을 품고 있다가 복수하는 것이 그들이다.

"아니, 고작 치정 문제야?"

"치정 문제도 아니지. 짝사랑이 깨진 것뿐이지."

그런데 사람을 반병신으로 만들고 애까지 죽인 것이다.

"그 후에 설구강은 어떤 상태인가요?"

"멀쩡해요."

"멀쩡하다?"

"네. 그다지 신경 쓰지 않는 모양이던데요? 어차피 승진해서 우리가 자주 볼 수는 없지만."

승진하면서 사무실을 옮긴 덕분에 일선에서 일하는 사람들은 그를 볼 일이 없어졌다. 그래서 다들 다행이라고 생각하고 있었다.

"감사합니다."

노형진은 진술해 준 여직원에게 감사의 인사를 건넸다. 물론 그에 상응하는 대가도 지불했다.

그리고 돌아오는 차 안에서 한참을 고민에 빠졌다.

"왜?"

"이건 아무리 봐도 심신상실이 아니야."

"내가 봐서는 심신상실이 맞는 것 같은데?"

"응? 뭐라고?"

아까만 해도 화를 내던 손채림의 모습과는 전혀 다른 말.

그러나 그건 그저 말장난일 뿐이었다.

"봐 봐. 누가 봐도 미친 새끼잖아. 발정 난 개새끼라……. 누가 지었는지 참 별명 잘 만들었네."

"발정 난 개새끼라고 해도 심신상실은 아니지."

"그렇기는 하지. 그런데 뭐가 이상한 거야?"

"집으로 왔잖아?"

"그렇지."

"어떻게 집을 찾았지?"

"응?"

"아까 여직원 말 못 들었어? 여직원이 그랬잖아, 그 스토커 짓 때문에 신혼집도 비밀로 했다고."

분명히 그랬다. 그래서 혹시나 알게 될까 두려워 그 흔한 집들이조차도 자신들과, 아주 친한 일부만 불러서 했다고 했다.

"그들 중 누가 알려 준 거 아냐?"

"그럴 수도 있지만…… 과연 알려 줄까? 너 같으면 알려 주겠어?"

"미쳤어? 무슨 꼴을 보라고."

"거봐."

가장 친한 사람들만 불러서 집들이를 했다는 것은, 설구강이 알 가능성이 조금이라도 있는 사람은 안 불렀다는 뜻이다.

그리고 설구강이 무슨 짓거리를 해 왔는지 온 회사 사람들이 다 아는데, 그에게 잘 보이겠다고 강성아를 배신하고 그 주소를 알려 줄 사람은 없을 듯했다.

“그런데 알아내서 찾아갔단 말이지.”

“그러고 보니 이상하네.”

사건을 접수할 때에는 생각하지 못했던 부분이다.

“경찰은 왜 그걸 몰랐지?”

“전에 다니던 직장의 상사라잖아. 그러니까 주소를 자세하게 알 수 있다고 생각했겠지.”

하지만 이러한 스토커 행위자에게 자신의 주소를 알려 주려고 하는 사람은 없다.

“거기에다가 남편이 화를 낼까 봐 비밀로 한 모양이야.”

그렇다면 경찰이 몰랐을 가능성도 충분하다.

본인은 현재 정신과 치료를 받아야 할 만큼 심각한 상황이니까.

“아무래도 이거, 미리 준비한 것 같은데?”

“미리 준비한 것 같다고?”

“그래. 너 음주로 인한 심신상실 범죄가 얼마나 될 것 같아?”

“우리나라에서는 높지 않아?”

“판결 말고 실제로 말이야.”

“음?”

한국에서 음주로 인한 심신상실을 감경의 사유로 잡고 있기는 하지만, 문제는 범죄자들도 그걸 알고 있다는 것이다.

"설마……."

"그래. 왜 해외에서 음주로 인한 심신상실을 인정하지 않는지 알아? 그건 그게 핑계가 되기 때문이야."

상식적으로 사람이 범죄를 저지르기 위해서는 소위 말하는 '꽐라' 상태가 되어야 한다.

그러면 '블랙아웃'이라는 단기 기억상실 현상이 벌어지는데, 그때 벌어지는 일을 기억하지 못하면 그제야 심신상실이 인정된다.

"그런데 그걸 알고 범죄자들이 그걸 주장하는 경우가 적지 않다는 거지."

그래서 많은 범죄자들이 심신상실인 척 범죄를 저지른다는 것이다.

"하지만 그렇게 대부분 걸리잖아?"

"그래. 그런데 그게 더 문제야."

"응?"

"범죄를 저지른 후에 심신상실을 주장하는 거야 반박할 게 많지."

손채림은 고개를 끄덕거렸다.

"하지만 애초에 심신상실을 노리고 범죄를 설계했다면?"

손채림은 자신도 모르게 부르르 떨었다.

"설마……."

"설마가 아니야. 청계의 악몽은 아직 끝나지 않았으니까."

법무 법인 청계.

노형진에게 와해되기는 했지만 그들은 범죄 설계가 전문이었고, 그렇게 해서 세력을 쌓아 올렸다.

"주요 핵심 멤버들은 처벌받았지만 그렇지 않은 자들은 처벌받지 않았어. 그리고 설계자들 중 일부는 이미 나왔을 가능성이 높고."

"아!"

변호사 자격이 박탈되려면 변호사회가 자격 박탈을 결정해야 한다.

문제는 끼리끼리 모인다고, 대한민국에서는 변호사 자격 박탈이 거의 이루어지지 않는다는 것이다.

"하지만 왠지 설계한 것치고는 좀 어설픈 것 같은데? 나도 그 기록을 봤지만, 청계 녀석들이라면 이렇게 어설프게 하지는 않았을 것 같은데."

"그건 그런데……."

확실히 어설픈 방법이기는 하다.

주취로 인한 심신상실은 확실히 법에서 인정하는 방식이기는 하지만 그걸 인정하는 비율은 사람들의 생각과 다르게 그렇게 높지 않다.

'청계라면 다른 방식을 썼을 텐데.'

어찌 되었건 기록이 남는 이런 방식은 청계가 선호하는 방식은 아니다. 그러니 청계가 아닐 가능성도 높은 것이다.

“일단은 여러 방향으로 알아봐야겠어. 살아남은 청계 녀석들이 끼었을 수도 있고, 다른 녀석들이 모방했을 수도 있으니까.”

“그럼 뭐부터 할 건데?”

“글쎄. 일단은…… 검사부터 찔러봐야겠지?”

이 사건에서 카드를 쥐고 있는 것은 다름 아닌 검사다. 그러니 그를 만나 보는 것이 최우선이었다.

“뭐라고? 네가 뭔데 여기까지 와서 감 놔라 배 놔라야?”

“피해자 측 변호인으로서 이번 사건이 아무래도…….”

“아가리 닥쳐라. 난 변호사 싫어하니까.”

노형진은 급기야 폭언을 퍼부어 대는 검사를 보며 할 말을 잊었다.

물론 옆에 있는 사람은 할 말이 있기는 한 모양이었다.

“뭐 이딴 새끼가 다 있어?”

손채림은 거칠게 말하는 황학규 검사를 보면서 얼굴을 찌푸렸다.

“이딴 새끼? 너, 이 개 같은 년이 지금 뭐라고 했어? 너 콩밥 한번 처먹어 보고 싶어?”

“채림아, 진정해.”

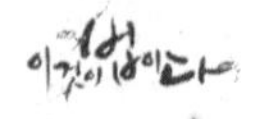

발끈하는 두 사람.

하지만 손채림은 참다 참다 터진 것이기 때문에 도무지 말이 곱게 안 나왔다.

"지금 진정하게 생겼어? 아니, 아까부터 우리를 무슨 비렁뱅이 취급을 하잖아!"

"그럼 비렁뱅이지 아니야? 조또 실력이 없어서 변호사 하겠다고 기어 나간 주제에 뭐? 수사에 참여시켜 줬으면 좋겠다? 장난해? 이 새끼들아, 수사는 검사의 권한이야. 독점적 권한이라고. 변호사라는 새끼가 그것도 모르냐? 하긴, 그러니 나가서 변호사 한다고 깝죽거리지."

"자, 자! 두 분 다 진정하세요."

노형진은 두 사람을 진정시키기 위해 애썼다.

저쪽이 예의가 없기는 하지만, 지금 상황에서 도움을 청하는 것은 이쪽이기 때문이다.

"검사님 말씀도 맞습니다. 하지만 이번 사건은 누가 봐도 말이 안 된다고 생각합니다. 주거침입을 해서 여성을 폭행하고 그 과정에서 유산까지 되었는데 징역 2년, 집행유예 1년이라는 것은……."

"네가 판사야? 네가 판사냐고, 이 새끼야! 하여간 조또 법에 대해 아무것도 모르는 새끼들이 쫑알거려요."

"그건 상식적으로……."

"아니꼬우면 네가 판사를 하든가. 어디서 실력도 없는 새끼가 여기까지 기어 와서 입을 나불거려?"
"야! 너 진짜……."
"이 썅년이 아까부터 남자들 말하는데 계속 끼어드네? 죽고 싶어? 엉! 너 한번 콩밥 처먹어 볼래?"
저런 헛소리를 하면서도 너무 당당하니까 손채림은 도리어 말이 안 나왔다.
"뭐, 알겠습니다."
노형진은 거기까지만 이야기하고 자리에서 일어났다.
"가려고?"
"도움을 안 주신다는데……."
"조또 웃기고 자빠졌네. 변호사는 너야, 이 새끼야. 피해자를 지키는 건 너희가 해야 할 일이지, 내가 할 일 아니야. 난 그냥 공소만 제기하면 끝이라고."
"뭐, 더 이상 말해 봐야 의미가 없을 것 같네요."
무려 한 시간이나 설득했다. 하지만 검사인 황학규는 처음부터 끝까지 들은 척도 하지 않고 욕설로 시작해서 욕설로 끝냈다.
욕을 하면서 일하는, 소위 말하는 츤데레 타입도 아니다. 그저 욕을 해서 자기 스트레스를 푸는 인간일 뿐이었다.
"당신 말이야! 민원 넣을 거야! 알아! 민원 넣을 거라고!"
"처넣든가 말든가 맘대로 해."
나가면서 소리를 지르는 손채림. 그리고 그런 손채림을 끌고 나가는 노형진.

"뭐 저딴 새끼가 다 있냐?"

일반적으로 법을 전공하고 그쪽 일을 한다고 하면 상당히 인텔리이며 사회적으로 성공한 사람들이다. 그러니 당연히 그들은 최소한의 예의를 지키려고 한다.

한데 황학규는 절대 그런 모습이 아니었다.

"아오, 뭐 저딴 새끼가 다 있어?"

길길이 날뛰는 검사의 모습에 손채림은 잔뜩 흥분했다.

자신들이 무슨 무리한 부탁을 한 것도 아니고, 사건에 대해 의견을 주고받고 싶다는 소리를 했을 뿐이다. 그런데 이렇게 철저하게 무시할 거라고는 생각도 못 했다.

"검사는 도와줄 생각이 없는 것 같고, 우리한테 남은 카드는 없는 건가? 어쩌지?"

"글쎄. 난 방법이 보이는데?"

"방법이 보인다고?"

"응."

"아니, 저 인간이 우리를 도와줄 것 같지 않다며? 그리고 내가 봐도 그런데?"

변호사라고 철저하게 무시하면서 콧대를 세우는 인간이 과연 자신들을 도와줄까?

그 부분에 대해 손채림은 가능성이 전혀 없다고 생각했다.

하지만 노형진은 다르게 생각했다.

"그건 아마 고의가 아닐걸."

"무슨 소리야?"

"네가 잘 몰라서 하는 말이야. 물론 검사 중에 변호사를 무시하는 사람이 없는 것은 아니야. 하지만 그렇게 대놓고 말하는 사람은 없지. 업무적으로는 부딪칠지 몰라도 말이야."

"왜?"

"변호사는 그들의 과거이자 미래거든."

"과거이자 미래라니?"

"말 그대로야."

사법연수원을 나온 사람들은 자신의 진로를 결정해야 한다. 당연히 선택할 수 있는 카드는 판사와 검사 그리고 변호사 세 가지다.

"그리고 제일 지망이 높은 게 판사, 그다음이 검사, 마지막이 변호사야."

"그래서?"

"그렇다 보니 아무래도 변호사들이 성적이 낮다는 생각들을 많이 하지. 뭐, 일부분은 사실이고."

지망이 끝나면 당연히 그걸 자르는 기준은 성적이다.

노형진처럼 1등을 하고서도 변호사를 지망하는 사람이 없는 것은 아니지만, 그건 말 그대로 별종일 뿐이다.

"그래서 얼핏 보면 그들이 공부를 못했던 변호사를 무시한다고 생각하는 사람도 많아. 하지만 중요한 것은 그들 역시 미래에는 변호사라는 거지. 영원히 판검사를 할 수는 없으니까."

"아!"

모든 것에는 한계라는 것이 있다.

평검사가 백 명이면 그 위 라인은 스무 명, 이런 식으로 승진해서 올라가는 자리는 한정되어 있으니 당연히 거기에 가지 못한 대부분의 검사들은 나와서 변호사가 되어야 한다.

"그런데 아까 봤잖아. 변호사를 엄청나게 모욕하면서 뭐라 했거든. 그런데 그런 사람은 극히 드물어. 속으로는 그렇게 생각해도, 아무래도 이 법조계라는 바닥이 좁다 보니 드러내어 표현하지는 않지."

"그런데 아까 그 인간은 그랬잖아?"

철저하게 변호사인 노형진을 무시했다. 심지어 손채림에게조차 뭐라고 할 정도였다.

"그러니까 이상한 거야. 그리고 그 녀석 말고 다른 사람들도 이상했어."

"이상했다고?"

"그래. 너, 짖는 개는 물지 않는다는 말 들어 봤어?"

"그게 무슨 소리야?"

"공격적일 이유가 없다는 거지."

"흠?"

"생각해 봐. 검사가 나를 공격해서 무슨 의미가 있겠어?"

"흠……."

"공격적이라는 것은 심리학적으로 표현하자면 위급한 상황에 있다는 뜻이야."

"그런가?"

"그래."

사람이 심리적으로 안정되어 있다면 공격적일 이유가 없다. 불안하니까 남에게 공격적으로 대응하는 것이다.

자신의 약점을 잡히지 않기 위해서 말이다.

"그런 면에서 볼 때 그의 행동은 정상적이지 않다는 거지."

"평소에도 그렇게 개차반일 수도 있잖아?"

"그건 아닌 것 같아."

"응?"

"거기서 다른 직원들의 모습 봤어?"

"직원들? 아니. 왜?"

"상당히 놀란 표정이었어."

"그게 상관이 있나?"

"있지. 평소에도 그렇게 개차반이라면 그 사람들이 그렇게 놀란 표정을 하지는 않지. 저 새끼가 또 지랄이구나 하는 표정을 하면 몰라도."

"아."

손채림은 흥분해서 나오느라고 다른 직원들의 얼굴을 보지 못했다.

하지만 노형진은 나오면서 다른 직원들의 반응을 하나하

나 다 살폈던 것이다.

"아니, 도대체 왜 그런 거야? 우리가 뭐 못 할 소리 한 것도 아니고."

"우리가 한 말이 문제가 아니라, 우리의 존재 자체가 문제가 되는 것일 수도 있어."

"우리의 존재 자체가?"

"그래."

"무슨 소리야?"

"확실한 건 아니니……."

노형진은 입을 다물었다.

"아직은 확실한 건 아니야. 하지만 조만간 확실해질 거야."

노형진은 그렇게 말하면서 침묵을 지켰다.

⚖

"씨발, 씨발."

황학규는 끊임없이 욕을 내뱉으면서 퇴근하고 있었다.

지난번 실수 이후에 극도로 스트레스를 받고 있었기 때문에 좋게 말이 나오지를 않았다.

"후우, 염병할."

그는 자가용을 끌고 자신의 집으로 가려고 했다. 하지만 속이 터질 대로 터지는 그에게, 그날 일진은 그다지 좋지 못

했다.
푸르르르.
"아, 뭐야, 씨발."
푸르르르.
시동을 걸어도 걸리지 않는 엔진.
"이런 싯팔……."
그는 어쩔 수 없이 보험회사를 불렀고, 잠시 후 보험회사 차량이 왔다.
"이거, 엔진이 나갔는데요?"
"뭐?"
"엔진이 나갔어요. 끌고 가야겠는데요?"
"이런 염병할. 아니, 멀쩡한 엔진이 왜 나가?"
"저한테 말씀하셔 봤자 어쩔 수 없죠. 어떻게 하실래요?"
"끄응……."
단순 고장도 아니고 엔진이 나갔으면 별수가 없다.
"일단 센터에 들어가야 하니까 옆에 타세요."
"닝기미."
황학규는 툴툴거리면서 레커차의 옆 좌석에 앉았고 그의 차량은 레커차에 끌려서 나오기 시작했다.
그렇게 얼마나 갔을까?
끼이익!
신호에 걸려서 차량이 멈추는 그 순간, 갑자기 문이 벌컥

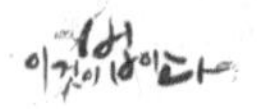

열리면서 한 사람이 그의 옆으로 들어와서 앉았다.

"어? 뭐야? 뭐야?"

순식간에 양옆에 건장한 남자들이 앉자 황학규는 잔뜩 당황했다.

자신은 검사이고, 누군가 자신에게 원한을 가지고 있다고 봐도 이상할 게 없기 때문이다.

"조용히 하세요. 시끄러워서 좋을 거 없으니까."

등 뒤에서 느껴지는 딱딱한 느낌에 황학규는 입을 꾸욱 다물었다.

'이런 염병……. 요즘 일 더럽게 꼬인다더니.'

자신이 납치당할 거라 생각하지 못한 그는 눈치를 보면서 침을 삼켰다. 그리고 납치범의 얼굴을 보지 않으려고 노력했다.

직업상 많은 사실을 알고 있는데, 그중 하나가 납치범의 얼굴을 알면 살아 나갈 가능성은 아주 낮다는 것이었다.

"뭐 그렇게까지 안 하셔도 됩니다. 그냥 대화하고 싶어서 그런 거니까."

노형진은 그런 그의 마음을 아는 건지 그렇게 말했고, 그제야 노형진을 본 황학규는 깜짝 놀랐다.

"넌?"

"기억은 하시나 보군요?"

"미친……. 변호사라는 작자가 이런 짓을 하다니."

"이래야 이야기를 할 수 있을 것 같아서요. 아니면 사무실이나 집으로 갈까요? 다른 사람이 그다지 좋아할 것 같지 않은데."

"그게 무슨……."

"뭐 말 못 할 사정이 있기는 한 것 같은데 말이지요. 무슨 일입니까?"

"뭔 개소리야?"

"못 이긴 척 항고해 준 거 보니까 그다지 나쁜 사람은 아닌 것 같은데, 위에서 뭐라고 하던가요?"

"네가 뭔데 그딴 소리를 해? 내가 누군 줄 알고?"

"누군지 아니까 이렇게 만나는 겁니다. 그냥 대놓고 만나면 위에서 안 좋아할 게 뻔하니까요."

"그런 거 없어!"

"그래요? 그러면 정식으로 검찰청에 가서 면담 요청해도 되겠네요? 당신 계좌로 돈도 좀 보내고 친밀하게 지내면, 위에서 뭐라고 할지 참 궁금합니다."

"큭."

황학규는 숨을 삼켰다.

자신의 계좌로 돈을 보내면 자신은 위에서 찍혀 버리는 수가 있기 때문이다.

"지금 상황에서는 감시하는 놈이 없으니까 한번 말해 보시죠."

"감시라니?"

"당신 사무실에 있던 여직원. 딱 봐도 당신 편은 아닌 것 같던데요?"

노형진은 그날 나오면서 분명히 그 여직원을 봤다.

다른 직원들은 검사님이 갑자기 왜 저러느냐고 서로 이야기하거나 당황해하고 있었는데 그 여직원만은 다른 사람들과의 대화에 끼지도 않은 채 오로지 자신들만 바라보고 있었다.

그러다가 노형진이 바라보자 바로 시선을 돌렸다.

"어떻게 할까요? 공식적으로 친하게 지내는 척해 드릴까요, 아니면 여기서 이야기를 끝낼까요?"

"염병할."

황학규는 자신이 선택할 수 있는 카드가 하나뿐이라는 걸 알고는 입을 다물었다.

생각해 보니 확실히 지금 같은 상황은 누구도 예상하지 못했을 테니 감시하는 사람도 없을 듯했다.

"어떻게 된 건지 이야기해 보시죠."

"그냥 내가 무능해서……."

"검사의 무능은 이해합니다만, 판사까지 그렇게 동시에 무능해질 가능성은 그다지 높지 않지요."

"큭."

"제가 누군지 모르지는 않으실 텐데요?"

노형진은 법조계에서 상당히 널리 알려진 사람이다. 그러니 황학규가 모를 수는 없다.

"씨발…… 나보고 어쩌라고."

양쪽에서 압력을 가하자 그도 결국 손을 다 들 수밖에 없었다.

"그냥 상황만 말씀해 주시면 됩니다. 솔직히 지금 상황, 저도 이해가 안 가거든요."

남의 집에 들어가서 부녀자를 폭행하여 유산까지 하게 만든 것은 강력 범죄다.

그런데 주취 중 심신상실을 주장하면서 풀어 준다?

그럴 수도 있다. 돈이 있으면 귀신도 부릴 수 있다는 대한민국이 아닌가?

더군다나 그들은 돈이 있기 때문에 그럴 수도 있다고 볼 수도 있다.

'하지만…….'

그러나 그들이 아무리 돈이 많다고 해도 검사의 사무실에 검사를 감시하는 직원을 둘 수는 없다.

물론 그의 회사가 크기는 하지만 사실 직원 오백 명 정도 되는 회사는 생각보다 많다. 그런데 그 정도 가지고 검사를 겁박한다?

'말도 안 되는 소리지.'

그래서 노형진은 확실한 뭔가가 필요했던 것이다.

더군다나 행동을 봐서는 황학규는 감시받고 있다는 사실을 알고 있는 상태인 듯하다. 그런데 저항하지 못한다는 것은 다른 이유가 있다는 뜻.

"저희랑 친한 척해도 손해일 겁니다. 하지만 사실만 말씀해 주시면 저희도 모른 척해 드리지요."

"염병……."

황학규는 한참을 입을 다물고 고민하다가 결국 천천히 입을 열었다.

이 상황에서 벗어나는 길은 한 가지뿐이라는 것을 알아차린 것이다.

아니, 어쩌면 이런 기회가 오기를 바랐는지도 모른다.

자신의 힘만으로는 벗어날 수가 없으니 누군가 자신을 대신해서 싸워 주기를 바란 것이다.

"그래, 감시받고 있다."

"누군데요?"

"검찰총장."

"뭐라고요?"

검찰총장이라는 말에 노형진의 눈썹 한쪽이 스윽 위로 올라갔다.

이건 자신이 생각하던 것 이상으로 큰 건수였기 때문이다.

'아니, 왜?'

검찰총장은 황학규에 비하면 터무니없이 높은 레벨이다.

물론 황학규가 나이가 적지 않은 사람이라고 하지만 그래도 아주 높은 직급도, 정치적인 사건이나 사회적인 사건을 담당하는 사람도, 그 유명한 정치 검사도 아니다. 그런데 왜 그를 감시한단 말인가?

"멋모르고 항고한 것 때문에 그래."

"항고요? 설구강 사건 말입니까?"

"그래."

설구강 사건이 떨어졌을 때 황학규에게는 적당히 하고 풀어 주라는 비공식적 명령, 즉 오더가 떨어졌다.

한두 번 그런 일이 있는 게 아니기 때문에 처음에는 그러려고 했다.

"하지만 그 피해자가……."

"너무 매달렸군요."

"그래, 씨발……."

거기에다 얼마 전에는 자신에게 아이까지 생겼다. 그래서 심적으로 동화되어 버린 것이다.

"그래서 별생각 없이 항고해 줬는데……."

"그때 그 감시자가 붙어 버렸다?"

황학규는 말은 하지 않았지만 고개를 끄덕거리는 것으로 자신의 입장을 표명했다.

"왜 위에서는 설구강을 그렇게 보호하려고 하는 거죠?"

"나야 모르지."

설구강의 큰아버지가 큰 기업을 운영하기는 하지만 검사에게 감시를 붙여 가면서 보호할 정도는 아니다.

더군다나 본인도 아닌 조카일 뿐인데.

'그렇다고 설구강의 부모가 잘난 것도 아니고.'

설구강의 부모는 그저 그런 기업에 다니는 사람이다. 게다가 사장도 아닌 직장인이다.

그에 반해 설구강의 큰아버지는 자수성가해서 일어난 사람이다. 그러니…….

'이런 씨발.'

노형진은 순간 그림이 그려졌다.

정작 설구강에게 집중하다 보니 그 큰아버지라는 녀석에게 신경을 쓰지 않았던 것이다.

'생각해 보면 이상한 일이야.'

자수성가한 사람은 자긍심이 대단하다. 그 때문에 당연히 자존감도 높고 자존심도 높다.

그런 사람이 무능하고 쓰레기 같은 자기 조카에게, 조카라는 이유만으로 부장 자리를 줄 리 없다.

'내가 왜 그 생각을 못 했지?'

더군다나 3천만 원 정도만 내면 끝나는 사건이라면, 부장 자리는 너무 오버하는 셈이다.

"그래서 그런 거군요."

자신들의 존재 자체가 부담된다.

황학규는 자신이 감시받고 있는 상황에서 노형진이라는 존재는 여러모로 부담되었다.

그래서 처음에는 그냥 나가라고 했지만 노형진이 끝까지

나가지 않아 나중에는 온갖 공격적인 말을 다 한 것이다.

"도대체 왜 그 녀석을 보호하려고 하는 겁니까?"

"나야 모르지. 나 같은 일반 검사가 뭘 어쩌라고?"

짜증을 내는 황학규.

아무리 봐도 사실을 말해 줄 것 같지는 않았다.

'어쩔 수 없지.'

노형진은 그의 몸에 손을 대고는 다시 한 번 물었다. 그의 기억을 읽어 내기 위해서였다.

"확실히 말하세요. 이번 사건에 대해 아는 게 뭡니까?"

"난 아무것도 모른다고, 씨발. 누구는 이렇게 황당한 소리 하고 싶어서 하는 줄 알아? 그러니까 나 좀 그만 괴롭히라고."

반쯤은 애원하는 목소리로 말하는 황학규.

그때 흘러들어 오는 기억을 읽은 노형진은 당황할 수밖에 없었다.

'정말 모른다?'

진짜로 그는 아무것도 모르고 있었다.

도대체 왜 그 단순한 일로 자신에게 감시가 붙을 정도인지 이해도 하지 못하고 있었고, 설구강이나 다른 사건에 대해서도 전혀 아는 바가 없었다.

'뭐지?'

노형진은 그가 뭔가를 알 거라 생각했다. 그런데 아무것도 모르는 게 확실했다.

‘그런데 사람을 붙여서 감시까지 한다? 이건 말이 안 되는데.’

검찰총장쯤 되는 존재가 사람을 감시하라고 할 정도면 이만저만 큰일이 아니다.

‘내가 모르는 뭔가가 있어.’

노형진은 왠지 등골이 오싹해지는 느낌이었다.

나비효과

"아무것도 모른다고?"

"그래. 내가 봐서는 아무것도 몰라."

"그런데 왜 설구강을 봐주라고 한 거야?"

"그러니까 의문인 거야."

설구강은 그냥 병신이다. 증언을 봐도 그렇고 말이다.

"직접적으로 관련이 있는 사람은 설구강 하나뿐이잖아? 그 녀석이 돈이 넘쳐서 그런다고? 그건 말도 안 되는데?"

"법적으로는 그런데……. 내가 봐서는 그 큰아버지라는 인간이 관련이 있을 것 같아."

"큰아버지?"

"그래. 설구강의 큰아버지인 설득현 말이야."

기업을 운영하는 그는 설구강을 고용하고 이번에 부장으로 승진시켰다.

“그게 왜? 친척을 고용하는 기업은 많잖아?”

“그건 그렇지. 그런데 정작 자신의 형제는 고용하지 않았잖아.”

“응?”

“네 말마따나 성공하면 형제자매를 챙기는 것이 본능이야. 한국 사람들은 그걸 자연스럽게 생각하지. 그런데 정작 자신의 형제는 고용을 안 하고 조카를 고용한다? 더군다나 개차반이라고 소문이 난 녀석을?”

“그러고 보니 이상하네.”

정상적인 사업가라면, 설사 불쌍해서 고용은 해 준다 해도 중요한 자리는 주지 않는다.

도와주는 것은 할 수 있지만 부장급이 되면 그 파워는 상상 이상이 되기 때문이다.

“전에는 배상금 때문에 승진시킨 거라면서?”

“그랬지. 그런데 생각해 봐. 연봉 1억이야. 배상금은 3천에서 5천이고. 지금도 5천은 주고 있을 텐데 승진시키면 매년 5천을 계속 더 준다는 소리가 돼. 그건 말도 안 되지. 불쌍해서 줄 수는 있지만, 사업가적 마인드로는 그건 이해가 안 되는 상황이 되어 버려.”

예전에는 그저 단순하게 생각했지만 조금만 상식적으로

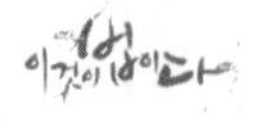

생각해 보면 확실히 이상한 점투성이다.

"결국은 그 녀석을 한번 만나 봐야 한다는 거네."

"그거 말고는 답이 없을 것 같은데?"

"하지만 만나려고 하지도 않던데?"

"그래?"

"무태식 변호사님이 몇 번 시도했어. 하지만 어디에 있는지 알 수가 없어. 딱 한 번 통화가 되기는 했는데, 관심도 안 보이고 반성도 안 하고."

"관심도 안 보이고 반성도 안 한다라……. 복수는 끝났다 이건가?"

"복수?"

"그래."

진짜로 사고였다면, 술에 취해서 그랬다면, 반성의 기미가 보여야 한다.

하다못해 처벌을 약하게 받고 싶어서 반성문이라도 써서 내야 한다.

하지만 상대방은 그런 것조차도 없었다.

"그런데 관심이 없다는 건 복수하고 싶었다는 거지. 결국 우리 예상이 맞은 거야. 애초에 작전을 짜서 접근했다는 거지."

"아니, 도대체 왜?"

"그러니까. 이번 사건은 너무 복잡한 것이 많아."

기본적인 예상과는 너무나도 다른 반응을 보이는 두 집단,

검찰과 법원.

거기에다 마치 처벌받지 않을 거라는 사실을 안다는 듯이 떵떵거리면서 다니는 가해자인 설구강.

'처벌받지 않을 것을 안다?'

노형진은 그 순간 뭔가 머릿속을 스치고 지나가는 것을 느꼈다.

'어쩌면 그게 사실일지도 모르겠군.'

그런 정신병을 가진 놈이라면 당연히 복수를 외칠 것이다.

자기 혼자 망상하면서 상대방에게 자신의 고통을 뒤집어씌우는 녀석이니까. 그리고 그 죄에 대해서, 뒤집어쓴 사람에게 복수하려고 할 것이다.

'그런데 복수는 성공했지.'

문제는 그 복수를 누군가가 도와줬다는 것. 그리고 지금도 도와주고 있다는 것.

'그 녀석의 기억을 읽을 수 있다면 좋겠는데.'

하지만 정작 당사자는 자신들을 만나려고 하지도 않고 그의 물건은 나오지도 않는다.

직원들의 말에 따르면 회사에 나오는 날보다 안 나오는 날이 더 많다고 했다.

"그 녀석에 대해 알 만한 사람은 없을까?"

"없겠지. 회사에서도 거의 왕따였다는데. 아니, 왕따 맞더라. 사람들이 그 인간이랑 이야기도 하지 않으려고 했고, 특히나 여자들은 더더욱 그랬대."

조금만 이야기를 나눠도 자기에게 관심이 있는 거라고 생각하면서 추근거렸기 때문이다.

"뭐 기껏해야 사장 정도?"

"사장?"

"그래. 큰아버지라고 하니까 사장은 알겠지."

"오호라!"

그 순간 노형진의 머릿속에 번개같이 좋은 생각이 스치고 지나갔다.

"넌 천재야."

"응?"

졸지에 천재 취급을 받은 손채림은 어리둥절할 수밖에 없었지만 말이다.

⚖

"안녕하세요. 카우보이 자산관리의 한국 지부를 담당하고 있는 유소미라고 합니다."

유소미는 새론의 정보부에 속한 사람이었다.

그녀는 연기 지망생이었고 연기를 잘했기 때문에 이번 작전에 동원되었는데, 난데없이 투자 관리사의 직원으로 나타났다.

'도대체 어딜 봐서 20대라는 건지. 거참…… 역시 여자들

의 화장이란. 아니, 이 정도면 분장이라고 해야 하나?'

노형진은 유소미를 보면서 혀를 내둘렀다.

그럴 수밖에 없는 게, 실제로 그녀는 20대 중반의 창창한 나이다. 그런데 지금 그녀의 모습은 아무리 봐도 30대를 넘어선, 40대 아슬아슬한 노처녀 같았기 때문이다.

일에 중독되어서 혼기를 노친 노처녀 말이다.

"이쪽은 노형진 변호사님입니다. 이번 투자 건에서 법률 자문을 담당해 주실 분입니다."

"노형진입니다."

노형진은 자연스럽게 악수를 청했고 상대방은 별 의심 없이 손을 잡았다.

'사장이군. 역시나 내 예상이 맞았어.'

"안녕하십니까? 안창실업의 설득현이라고 합니다."

설득현은 잔뜩 기대하는 얼굴이었다.

그럴 수밖에 없는 게, 자신에게 투자하고 싶다는 사람이 나타난 것이다. 그것도 투자계에서 유명한 미다스라 불리는 존재가 말이다.

"말씀드렸다시피 저희는 귀사의 가치를 높게 보고 귀사의 투자 건을 확인하기 위해서 온 것입니다."

"알고 있습니다."

"지금부터 가감 없이 사실만을 답변해 주시기 바랍니다."

유소미는 마치 일상인 것처럼 능숙하게 연기하면서 귀찮

다는 듯, 한편으로는 중요하다는 듯 미묘한 말투로 자신이 담당 직원이라는 부분을 어필하고 있었다.

"그럼 귀사의 생산품에 대해 이야기해 보죠. 귀사의 생산품인…… 그리고 추가 생산에…… 대체품으로……."

아무리 연기라고 하지만 역할에 대해 잘 알고 있지 않으면 제대로 못 한다.

그래서 유소미는 지난 며칠간 이들의 기업에 대해 열심히 공부했고, 그 결과 어지간한 투자회사에서 아는 만큼은 알게 되었다.

"일단 장기적으로 봤을 때는 나쁘지 않은 것 같군요. 유행을 타는 것도 아닌 일상생활에서 필요한 물품이고, 한국 내 점유율도 나쁘지 않고."

"그럼요. 장기적으로 보면 우리만한 투자처가 없습니다."

미다스가 투자했다는 소문이 돌면 또 다른 투자가 들어온다. 그리고 그렇게 투자받으면 자신은 크게 부자가 될 수 있기 때문에 설득현은 어떻게 해서든 투자받기 위해 노력했다.

"물건의 가치는 알겠습니다. 브랜드 가치에 대해서는…… 성장 가능성은 있지만 좀 노후화된 부분이 있군요."

"그 부분은 바꾸는 것도 가능하고……."

"브랜드는 무슨 명패 바꾸듯이 바꿀 수 있는 게 아닙니다. 브랜드를 바꾼다는 것은 아예 새로운 상품이 될 수도 있다는 뜻입니다. 만일 기존 고객에게 뉴 브랜드가 먹히지 않으면 그들은 기존 브랜드가 망했다고 생각하고 다른 브랜드로 떠날 수도 있습니다."

"아, 그게……."

"뉴 브랜드에 대한 홍보 비용이 적지 않을 텐데요?"

"……."

그 부분에 대해서는 잘 모르는 설득현은 입을 다물 수밖에 없었다.

유소미는 마치 힐난하는 듯한 표정으로 다음 이야기를 꺼냈다.

"다음에는 브랜드 가치 하락의 위험 요소에 대해 판단해 봐야겠군요."

"브랜드 가치 하락 요소요? 그럴 만한 게……."

"일반적으로 사람들이 쓰는 물품이니만큼 갑작스러운 브랜드 가치 하락은 벌어지지 않을 것 같기는 합니다만, 그렇다고 해서 문제가 없는 건 아니죠."

"우리는 문제가 없습니다."

"글쎄요. 저희가 알아본 바에 따르면 폭행 사건이 있었다고 하던데요."

순간 설득현은 살짝 당황한 듯 보였다.

'그렇겠지.'

설마 그걸 알 거라 생각 못 했을 것이다.

하지만 실제로 투자하기 위해서는 작은 위험 요소라도 다

판단하고 들어가야 한다.

“폭행의 경우는 브랜드 가치에 크게 영향을 줄 수 있습니다. 더군다나 저희가 알아본 바에 따르면, 귀사에서 폭행을 저지른 사람이 부장급이라고 하던데요?”

“아, 그건…… 그게…….”

말을 돌리려고 하지만 마땅한 말이 생각이 안 나는지 우물쭈물하는 설득현.

“자, 자! 진정하시고. 어차피 브랜드 가치를 따지는 거니까 너무 신경 쓰지 않으셔도 됩니다.”

“하지만…….”

“부장급이라고 해도, 자르면 그만 아닙니까?”

“그게 그런데…… 하하하하.”

웃으면서 말하는 설득현.

하지만 머릿속에서는 엄청나게 많은 생각이 왔다 갔다 하고 있을 게 뻔했다.

노형진은 그런 그를 다독거리면서 슬쩍 물었다.

“그렇지요? 해직하실 수 있지요?”

“그게 사실은 제 조카라…….”

확답을 피하는 설득현.

하지만 이미 머릿속에서는 그에 관련된 정보들이 자연스럽게 떠오르고 있었다.

“신분은 상관없습니다. 저희로서는 투자의 위험부담을 감수할 수는 없습니다."

"그 사건이 그렇게 커진 것도 아니고……."

"사건의 규모는 상관이 없지요. 문제는, 그 사람이 존재하는 한 언제든 또 사고를 칠 수 있다는 가능성입니다. 단순 업무상의 실수가 아니라 폭행이라면 더더욱 말이지요."

"다시는 안 그럴 겁니다, 헤헤헤."

설득현은 웃음으로 때우려고 노력했다.

그러나 그의 입에서는 결코 해직하겠다는 답변이 나오지 않았다.

"그렇다면 별수 없지요."

그다음 순간 노형진은 슬쩍 그에게서 거리를 뒀다.

"네?"

"투자는 당연히 위험부담을 최대한 줄이는 것에서부터 시작됩니다. 특히 한국의 경우는 인터넷이 발달한 국가여서 아무래도 여론이 움직이면 일이 심각해지지요."

"그거야 그렇지만……."

"폭행범을 해직하지 않으시겠다면 저희로서도 방법이 없네요."

"네? 하지만 변호사님……!"

"죄송합니다. 저희도 의뢰인의 피해를 알면서도 투자 계약을 진행할 수는 없을 듯합니다."

노형진이 먼저 일어났고 유소미 역시 무슨 뜻인지 알고 바로 자리에서 일어났다.

"오늘 상담은 이쯤 하지요."

"네……."

이런 상황이라면 다른 곳에서는 당장이라도 해직시키겠노라고 이야기했을 것이다.

하지만 설득현은 입맛을 다시면서 아쉬워할 뿐, 그 이야기는 끝까지 하지 않았다.

"그러면 저희는 이만 물러나겠습니다."

노형진은 그곳을 나오면서 뒤를 돌아보았다.

설득현의 얼굴에는 아쉬움이 가득했지만 잡으려고 하지는 않았다.

'아니, 잡을 수가 없겠지.'

잡기 위해서는 설구강을 잘라야 하는데, 그는 절대로 설구강을 자를 수가 없었던 것이다. 그리고 그 이유를 알고 있는 노형진은 잔뜩 얼굴을 찌푸릴 수밖에 없었다.

⚖

"청계?"

예상치 못한 이름이 나오자 다들 당황했다.

특히 송정한은 더욱 당황했다. 청계 때문에 새론이 망할 뻔했던 것을 기억하고 있었기 때문이다.

"아니, 그 이름이 왜 나와?"

"법무 법인 청계는 망했습니다. 하지만 우리가 생각하지 못한 집단이 하나 더 있었지요. 그게 이번 사건의 주범이라면 주범입니다."

"이번 사건의 주범이라고?"

"네."

"그게 무슨 말인가? 청계 말고 다른 법무 법인이 범죄 설계에 가담했다고?"

김성식 변호사의 얼굴이 핼쑥해졌다.

그 사건이 대한민국을 얼마나 뒤흔들었던가. 그 사건으로 피를 본 사람이 한두 명이 아니다.

그런데 그 망령이 다시 살아났다니.

"청계는 우리를 노리다가 사라졌지요. 그런데 우리가 신경 쓰지 않았던, 아니 못 했던 집단이 하나 더 있습니다."

"그러니까 그게 뭐냐고!"

"정보 팀입니다."

"정보 팀?"

"우리 새론은 정보 팀을 운영합니다. 그리고 청계도, 그 당시에 조작을 위해 조작 팀을 운영했지요. 계획을 짜는 것은 변호사지만 그걸 실천하는 것은 다른 사람이니까요."

"직접적으로는 하지 않았잖아?"

"그건 그렇지요."

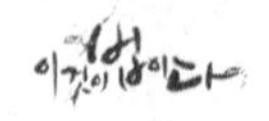

청계가 설계해서 주면 범죄자는 그걸 따라서 움직인다. 그렇게 함으로써 청계는 수사망을 벗어나고 범죄자는 처벌을 피한다.

"하지만 그렇다고 해도 최소한의 정보 팁은 있어야 합니다. 그렇지 않으면 설계 자체가 제대로 진행되는지 알 수 없으니까요."

"그런데?"

"우리는 청계가 날아간 것만 생각했지, 그 후에 있었던 일은 아무도 생각하지 않았지요."

"그 후에 있었던 일?"

"청계가 했던 그 모든 일에 대한 정보와 자료. 그게 다 어디로 갔을까요?"

다들 정신이 번쩍 들었다.

"몇 가지는 확실히 처벌받았습니다. 그건 기록에도 남아 있지요. 하지만 그 오랜 시간 동안 그 많은 변호사들이 고작 그 몇 건만 설계했을까요?"

"으음……."

그럴 리 없다. 그것만 설계했다면 청계가 그렇게 크게 성장할 수 있었을 리 없다.

"사건이 터지기 전에 주요 자료는 폐기되었다 이건가?"

"그럴 가능성이 높습니다. 청계가 범죄 설계를 해 준 사람들이 어떤 사람들인지 아시지요?"

"큭."

그저 그런 사람들을 대상으로 범죄를 설계해 준 청계가 아니다. 아마도 조사기 시작되기도 전에 대부분 폐기했거나 조사 이후에 그들이 압력을 행사해서 폐기했을 것이다.

'애초에 그 당시 사건을 생각해 보면 당연하다면 당연한 건데…….'

그 당시 청계의 범죄 설계 증거로 제출된 증거들은 모조리 새론에서 제출한 것들이었다.

만일 새론과 충돌하지 않은 다른 설계가 있었다면, 아니 있을 건 뻔하다. 그리고 그 자료는 새론에 있을 리 없으니 당연히 은폐되었을 것이다.

"설계실행 팀이라……."

"그들이라면 증거를 가지고 있겠지요."

"큭."

청계가 사라진 후 잊고 있던 사건.

그게 이렇게 튀어나올 줄은 생각도 못 했다.

"그런데 왜 이 사건에서 청계가 튀어나온 건가?"

"제가 알아본 바로는, 가해자인 설구강이 청계에서 일했습니다."

"뭐라고?"

"설구강이 회사로 들어온 시점이 청계가 사라진 후입니다. 그리고 어쩐 일인지 얼마 후부터 회사가 성장하기 시작하더군요. 주요 납품 거래도 다 따내고 말입니다. 공식적으로는 설구강이 담당했던 거래들입니다."

"공식적으로라……."

"아마도 설구강이 일종의 배달원을 했을 거라 생각합니다."

"배달원?"

"네. 설구강이 정보 팀에서 주요 업무를 볼 만한 나이는 아니니까요. 그리고 그렇게 중요한 일을 할 정도로 진중한 성격도 아니고요."

그러면 모든 게 다 이해가 간다.

급작스럽게 성장한 회사.

안하무인으로 날뛰는 설구강.

그런 그를 자르지 못하는 사장 설득현.

설구강을 조사하는 검사에게 갑작스럽게 붙은 감시.

"아마도 청계가 남긴 마지막 유산이 어딘가에 있나 봅니다."

"빌어먹을……."

불법의 망령은 생각보다 오래간다.

발본색원이라고 하지만 그건 진짜로 힘든 일이다. 특히나 현대에 와서는 사실상 불가능한 것이 현실이다.

"똑같이 범죄 설계를 해서 돈을 버는 것은 아직은 무리겠지요. 아무래도 청계의 사례가 있으니 그런 것에 대해서는 조사를 많이 할 테니까요. 하지만 이미 청계가 만들어 둔 자료라면 이야기는 달라집니다. 애초에 청계가 범죄 설계를 한 이유는 돈이 아니었으니까요."

"그건 그렇지."

청계가 범죄 설계를 한 이유는 간단하다.

가진 자일수록 범죄를 저질러서라도 자신의 것을 지키고 이득을 챙기려고 한다. 그리고 그런 자일수록 높은 자리에 올라갈 수 있다.

그러니 그렇게 범죄를 설계해 주고 약점을 잡아 두면, 사실상 청계가 대한민국을 지배하는 것이 된다.

"내가 이런 꼴을 보려고 변호사를 했나 자괴감이 드는군."

송정한은 절망스럽게 중얼거렸다.

"가끔은 현실이 소설보다 더 시궁창이기는 하죠."

"하아."

송정한은 의자에 기대앉아 침묵을 지켰고, 다들 이번 사건에 대해 생각하느라고 어떤 말도 하지 않았다.

"그런데 왜 설구강이 사고를 친 걸까?"

"멍청하니까요."

"멍청해?"

"네, 자신에게 굽신거리는 것이 자기 힘 때문이라고 생각했던 것이겠지요."

"그렇겠군."

그는 심부름꾼이다. 좋게 말하면 얼굴마담이다. 그래서 그가 갈 때마다 주요 인물들이 그를 어려워했을 것이다.

그런 상황에서, 그는 그 힘이 자신이 가진 것이라 생각했을 가능성이 높다.

“그러다가 멍청한 짓을 한 거죠.”

그 폭행 사건을 기존에 있던 기록에서 찾아내서 흉내를 낸 건지, 아니면 주워들은 정보로 했는지 알 수는 없다.

‘아마 후자겠지. 어쩐지 어설프더라니.’

만일 전문가들이 설계했다면 이런 식으로 어설프게 하지는 않았을 것이다.

아마도 확실하게 벗어나기 위해 정당방위나 실종 쪽으로 처리했을 가능성이 높다.

“어설프게 설계해서 실행하긴 했는데 그 후에 문제가 생긴 거죠.”

“잡혀가면 입을 나불거리겠군.”

“네.”

그런 상황이니 그들의 입장에서는 어떻게 해서든 그를 꺼내야 한다.

“그들은 조용히 있을 때에만 효과를 발휘합니다.”

청계는 자체적으로 힘이 있는 법무 법인이다. 그러니 대놓고 움직여도 어느 정도는 무마된다.

하지만 그들은 법무 법인도, 권력을 가진 집단도 아니다. 정보를 가지고 있지만, 정보를 지킬 힘은 없는 것이다.

“재수 없으면 처형당할 수도 있는 일이니까요.”

"처형이라……. 적절하군."

가진 자들의 속성에 대해 알고 있는 김성식 변호사도 그 부분에 대해서는 동감했다.

만일 가진 자들이 그들이 자신의 정보를 가진 것을 알게 되면 그들에게 끌려다니기보다는 조용히 처리시키려고 할 게 뻔했다.

"그래서 설구강을 꺼내기 위해 칼을 꺼내 든 거군."

그들은 설구강을 꺼내야 그가 입을 다물 거라 생각해서 그렇게 할 수 있는 사람을 찾으려고 했을 테고, 그게 다름 아닌 검찰총장이었을 것이다.

"미친놈. 소 잡는 칼로 닭을 잡으려고 하는 것도 유분수지."

검찰총장이 어떤 증거를 가지고 있는지는 모른다. 하지만 일단 약점이 그들에게 잡혀 있으니 설구강을 꺼내기 위해 압력을 행사했을 테고, 그러다가 사건이 자신들에게까지 온 것이다.

"그들은 일선에서 일하던 녀석들이니 정치적 역량은 떨어질 겁니다. 그러니 자기 딴에는 확실하게 할 수 있는 카드를 꺼내 들었겠지요."

"그게 검찰총장이야?"

"확실하기는 하네."

심지어 손채림조차도 피식 웃을 정도였다. 그걸 아는지, 다른 사람들도 얼굴에 비웃음을 띠었다.

"큰 문제군."
하지만 김성식은 심각한 얼굴이 되어 가고 있었다.
"그렇지요."
"뭐가 문제란 말인가? 어차피 멍청한 녀석들이 자폭한 건데."
송정한은 김성식의 얼굴을 보고 고개를 갸웃했다.
다들 비웃을 정도로 그들은 큰 실수를 했다. 그저 그런 존재도 아닌 검찰총장을 건드렸으니, 검찰총장이 그걸 그냥 둘 리 없다.
"말 그대로 영혼이 털털 털릴 것 같은데, 그냥 둬도 상관없지 않습니까?"
무태식조차도 그렇게 생각하는 모양이었다.
하지만 정치라는 걸 해 본 김성식에게는 그들의 안위가 중요한 게 아니었다.
"그들이 어떻게 되든 그건 중요한 게 아닙니다. 중요한 것은 그 녀석이 가지고 있는 정보지요."
"정보?"
"네, 정치권에서 그 가치가 얼마나 될 것 같습니까?"
다들 소름이 돋는 듯 부르르 떨었다.
"그렇군. 그 가치는…… 어마어마하겠군."
송정한조차도 거기까지는 생각을 못 했는지 심각한 얼굴이 되었다.
"그 가치는 사람의 목숨보다 중요할 겁니다. 그 정보를 가진 자는 아마도 실세로 떠오를 겁니다. 그것도 아주 상당 기간 동안요."

"큭."

그동안은 정보의 존재에 대해 아무도 몰랐다. 하지만 검찰총장이 위협받았고, 그 위협에 일단은 그들의 말을 따라서 움직였다. 그렇게 그 존재가 드러난 것이다.

"그냥 그런 게 있다는 카더라 통신이 아니라 확실한 증거가 있는 셈입니다."

고작 범죄자 한 명을 위해 검찰총장이 검사를 감시하게 할 정도의 위력.

"당장 검찰총장부터 그걸 찾아 나설 겁니다."

그의 입장에서는 그게 없어져야 자신의 자리가 안전해진다.

"그와 동시에, 그뿐만이 아니라 다른 정치인들도 그걸 찾기 시작하겠지요."

"다른 정치인들? 설마 다른 정치인들이 그 존재를 안다고요?"

"애석하게도요. 정치의 세계에서 영원한 우정이란 없습니다."

하물며 검찰총장쯤 되는 사람을 다른 사람이 감시하지 않고 있을 가능성은 낮다.

당연히 정보의 존재를 알아차렸을 테고, 그들도 그걸 찾아 나섰을 것이다.

"그리고…… 다른 사람들도 그렇겠군."

저마다 각자의 안위와 이득 그리고 권력을 위해 그 자료를

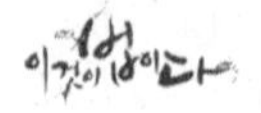

찾아 나설 것이다.

"그러면 골 때리는군요."

"뭐가 말인가?"

"상황이 그렇게 된다면, 피해자에 대한 복수는요?"

"큭."

한준식은 분명히 가해자인 설구강을 처벌해 달라고 했다. 하지만 그런 식이면 제대로 처벌될 리가 없다.

"어찌 되었건 피해자는 가해자에 대한 제대로 된 처벌을 원해서 우리 쪽에 찾아왔습니다. 그런데 이래서는 처벌이 안 될 것 같은데요?"

"이거 상황이 엉뚱한 쪽으로 번지는군."

송정한도 어떻게 해야 하나 암담하다는 생각이 들었다.

"아마도……."

노형진은 잠깐 입을 다물었다.

머릿속에서는 여러 가지 사실이 왔다 갔다 하고 복잡한 계산이 계속되고 있었다. 자신이 나서야 할지 아니면 그냥 방치해야 할지 말이다.

그러나 결론은 나와 있었다.

그저 정치적 부담 때문에 고민된 것일 뿐.

'그런 고민은 나중에 하자.'

정치적 부담을 고민하기 시작하면 진짜 도움이 필요한 사람들을 돕지 못하게 된다. 그걸 알기 때문에 노형진은 마음을 단단히 먹고 입을 열었다.

"우리가 나서야 할 것 같군요."

"우리가 나서다니? 무슨 소리인가?"

"만일 우리가 나서지 않으면 설구강은 부귀영화를 누릴 겁니다. 우리가 의뢰받은 최초의 목적인 합당한 처벌은 꿈에서도 불가능한 일이 되겠지요?"

"아니, 왜?"

"지금 유일하게 접점이 있는 인간이 누구입니까?"

"그렇군. 그 녀석뿐이지."

송정한은 노형진이 하고자 하는 말을 바로 알아들었다.

지금 그 자료를 가지고 있는 놈들에 대한 정보를 아는 자는 오로지 단 한 명, 설구강뿐이다.

"다들 그에게서 정보를 얻으려고 하겠지요. 그렇다면 제대로 처벌받기는커녕 막대한 보상만 받을 겁니다."

그 자료를 원하는 건 분명히 하나같이 강한 힘을 가진 자들일 것이다. 그러니 그들은 그걸 얻기 위해 여러 가지 조건을 내걸 것이다.

정치 입문이나 돈 같은 것. 어쩌면 여자를 걸 수도 있다.

어느 쪽이든 설구강은 막대한 보상을 받을 게 뻔했다.

"우리가 찾지 못하는 이유도 알 만하네요."

무태식은 자신이 찾으려고 하다가 실패한 이유를 알 것 같았다.

수많은 권력자에게 쫓기고 있다. 어쩌면 그 정보를 가진 조직에도 쫓기고 있을 수도 있다.

그렇다면 그는 꼭꼭 숨어서 상황을 살피고 있을 게 뻔했다.

"난 반대일세."

그런데 가만히 듣고 있던 김성식이 난데없이 반대 의사를 밝혔다.

"네?"

"반대라고요?"

다들 김성식의 말에 어리둥절했다.

이번 사건이 얼마나 중요한지 말한 게 바로 김성식이다. 그런데 자신들이 끼어드는 것을 반대하다니?

"아니, 왜 말인가?"

송정한은 진지하게 물었고, 김성식은 어느 때보다 무거운 얼굴로 대답했다.

"이건 단순히 법적인 문제가 아닙니다. 그 자료를 가지는 사람이 미래를 가진다고 봐도 무방합니다. 그리고 그걸 가지기 위해 정치인들은 비선 조직을 총동원할 겁니다."

"그거야 그렇겠지만, 그게 반대 의사를 표시할 이유는 아닌 것 같은데?"

"제가 말씀드린 정치인들은 그저 그런 정치인입니다. 하지만…… 다른 조직들도 있다는 점을 잊으면 안 됩니다."

"다른 조직?"

“검찰, 경찰, 국정원 그리고 군대.”

말을 할수록 사람들의 얼굴은 점점 더 창백해졌다.

“이해하시겠습니까?”

“그들은 국가 단체가 아닌가?”

“그리고 총기를 사용할 수 있는 집단이지요.”

“하지만 설마요.”

그들은 총이 있고 또 그걸 사용할 권리도 있다. 더군다나 그들 말고도 비공식적으로 총기를 가지고 있는 다른 집단도 있을 수 있다.

“설마가 아닙니다. 그 자료를 손에 넣으면 그 정도 무마 못 할 거라고 생각하십니까? 그건 총기 사용쯤은 가뿐하게 덮어 버릴 수 있는 자료들입니다.”

“으음…….”

그거 하나면 모든 정치인들은 그 사람의 말에 절대복종할 수밖에 없다.

단순히 뒤에서 조종하는 것을 넘어서서, 장기적으로 대통령의 자리까지 넘볼 수 있을지도 모른다.

“제가 여기서 듣기로는 청계는 수십 년 동안 뒤에서 정치인들을 지배하기 위해 범죄 설계를 했다고 했습니다. 그들 중 어떤 사람이 어떤 자리에 있는지는 알 수가 없지요. 하지만 검찰총장이 드러났습니다. 만일 국정원장이 관련되어 있다면? 아니면 경찰이 관련되어 있다면? 장군이 관련되어 있다면?"

"……."

"그들은 절대로 그게 드러나서는 안 되는 자들입니다. 그리고 그걸 얻기 위한 싸움에 끼어든다는 것은 목숨을 내놓는 짓입니다. 물론 새론에 있는 경호 팀은 강합니다. 제가 본 어떤 사람들보다 강하지요. 그러나 그건 어디까지나 민간인을 대상으로 하는 겁니다. 총기를 가진 사람들을 상대로는 전혀 이야기가 달라집니다."

아무리 경호 팀이 강하다고 해도, 싸움을 할 때 물러나지 않기 위해 몸에 마취제를 바를 정도로 독종이라고 해도, 결국 총에 맞으면 죽는다.

"그 후에 권력을 잡은 자가 사건을 조작하는 건 일도 아니지요."

국내에서 암약하던 간첩이라고 할 수도 있고, 폭력 조직이라고 할 수도 있다.

이도 저도 아니면 총기를 약탈하려고 해서 쐈다고 하기만 해도 그만이다.

"안전을 위해서는, 전 반대입니다."

"음……."

다들 심각한 얼굴이 되었다.

설마 목숨까지 걸어야 한다고는 생각 못 했던 것이다.

"압니다. 하지만 전 해 볼 가치가 있다고 생각합니다."

"해 볼 가치가 있다?"

"네. 우리는 변호사입니다. 의뢰인에게 의뢰를 받았고, 그걸 처리하기 위해서는 그 자료들이 필요하지요."

그게 새론에 넘어오면 설구강을 지켜 줄 자들은 없다. 그는 법대로 처벌받게 될 것이다.

"고작 의뢰 하나 때문에 지금 목숨을 걸자는 건가?"

김성식은 우려 섞인 목소리로 말했다.

"목숨을 걸자는 게 아닙니다. 하지만 김성식 변호사님 말씀이 맞습니다. 그게 누군가의 손에 떨어지면 그가 이 나라를 지배할 겁니다. 그걸 가진 게 누군지 모르지만 말입니다."

그리고 그걸 가진 자는 절대 좋은 자가 될 수가 없다.

그럴 수밖에 없는 게, 그 존재를 눈치챈다는 것 자체가 자신의 이득을 위해 청계에 범죄 설계를 의뢰했다는 뜻이 되기 때문이다.

"자격도 없는 자가 대통령의 뒤에서 북 치고 장구 치고 하면서 대통령을 지배하는 상황이 된다면 나라가 얼마나 망가질까요?"

"……."

"그걸 막기 위해서라도 그 자료를 찾아야 합니다. 위험부담이 좀 있을지도 모르지만요."

"나도 노 변호사의 생각에 동의하네."

송정한도 위험은 피하고 싶었다. 하지만 그 자료가 가지는 위력은 너무나 컸다.

재수 없으면 진짜 대한민국이 어떤 범죄자의 손아귀에서 흔들릴 수밖에 없게 된다.

"총기의 경우는 최대한 피하는 수밖에 없겠지. 아마 극단적 상황이 아니라면 총기 사용은 벌어지지 않을 거야. 그럴 것 같으면 손 털고 나오면 되고."

"후우, 대표님까지 그렇게 말씀하신다면야……."

김성식은 더 이상 말릴 수 없겠다는 생각이 들었다.

'무슨 변호사 집단이 이렇게 정의감이 넘쳐? 그거 때문에 여기 들어온 것이긴 하지만…….'

검사들보다 정의감 넘치는 변호사들을 보면서 그는 고개를 흔들었다.

하나 이제 자신은 그런 사람들 중 한 명이다. 그들이 하고자 한다면 자신은 도와주는 수밖에 없다.

"알겠습니다. 다들 그걸 찾는 걸 원하시는 듯하니 한번 찾아보기로 하죠. 하지만 어떤 수로 찾을지는 생각해 보셨습니까? 지금 설구강은 어디에 있는지 전혀 알려지지 않았습니다. 아마 정치인들은 먼저 그를 찾기 위해 혈안이 되었을 겁니다. 그런데 여전히 찾지 못하고 있지요. 그런데 우리가 무슨 수로 설구강을 찾는단 말입니까?"

"글쎄…… 그건 노 변호사가 알지 않을까?"

송정한은 그렇게 말하면서 노형진을 바라보았다.

그는 노형진의 사이코메트리 능력을 알고 있기 때문에 노형진이 그를 찾을 수 있으리라고 생각한 것이다.

노형진도 뜻은 알았지만 고개를 흔들 수밖에 없었다.

'그건 어디까지나 뭐든 있을 때의 이야기지.'

그에 관련된 어떤 물건이나 장소도 모른다. 직장에 가면 그 자리가 있기는 하겠지만, 핑곗거리도 없거니와 설사 간다고 해도 그가 어디로 갔는지 알아낼 수는 없다.

만일 연고가 있는 곳이었다면 다른 정치인들이 이미 찾아냈을 테니까.

'더군다나 그 큰아버지라는 인간도 아무것도 몰랐단 말이지.'

어디에 숨어 있는지 그도 알지 못했다. 즉, 가족들도 모르는 곳이라는 의미가 된다.

"전화로 추적하면 안 될까?"

"그 정도로 바보는 아닐 거야. 그를 찾기 위해 가장 먼저 동원한 게 그것일 테니까."

"끄응……."

의견을 냈다가 바로 반박당한 손채림은 풀이 죽은 듯한 소리를 내며 침묵했다.

"반대로 생각해 보죠."

"반대?"

"네. 아까 김 변호사님이 말씀하셨지요, 각 집단이 노린다고? 그렇다면 각 집단은 자기만의 수사 방식으로 추적했을 겁니다. 그런데 안 잡혔지요. 그러니 그 수사 방식을 썼을 때 걸리는 부분부터 지워 나가면 될 것 같습니다."

"흠……."

확실히 그렇다.

일반적으로 수사할 때 협력하기는 하지만 이번 사건 같은 경우는 서로 도울 수가 없다. 불법적인 추적일 게 뻔하기 때문이다.

"그러니 각자의 방식에 대해 생각해 보죠."

"첫 번째는 당연히 경찰이겠지."

"경찰이라……. 하긴, 민간인을 찾는 시스템이 경찰만큼 잘되어 있는 곳은 없을 테니까요."

경찰은 범인을 잡기 위해 전국에 감시 시스템을 두고 있다. 그런 만큼 누군가를 찾기도 가장 쉬울 것이다.

"아마도 카메라를 쓸 거야. 자기들이 통제하니까. 뭐, 영화처럼 컴퓨터로 계측하는 방법은 없겠지만."

"카메라라……. 그러면 대도시는 피해야겠군요."

물론 워낙 카메라가 많으니 그들이 대도시 안에서 설구강을 찾을 수 있는 방법에도 한계는 있다. 다 인력에 의존해야 하기 때문이다.

"두 번째는…… 검찰이겠지. 검찰이라면……."

"저라면 일단 카드나 전화번호를 추적할 겁니다. 뭐, 핸드폰은 꺼 놨을 거라 예상되니 카드나 대중교통을 추적하겠지요."

"카드를 쓰지 않는다라……."

현대사회는 카드를 기본으로 사용한다. 그러니 카드를 쓰면 바로 기록이 뜨게 되어 있다.

"현금을 쓰겠군."

"그럼 카드 사용만 가능한 곳은 빼야겠군요. 주로 현금으로 거래할 수 있는 곳을 생각해 봐야겠습니다."

"시골이군."

시골은 카메라도 없고, 카드보다는 현금을 더 선호한다.

"하지만 그래도 너무 넓은데. 그 정도를 다른 곳에서 예상하지 못했을 것 같지도 않고."

"그렇지?"

그들도 수사라면 도가 튼 사람들일 것이다. 그러니 이 정도 예상 못 할 리 없다.

"군대야 수사 시스템이 다른 곳에 비해 낙후되어 있으니 의미가 없기는 하지만……."

"국정원도 마찬가지이기는 한데……."

국정원은 아마도 자기들이 잘하는 감청이나 도청으로 위치에 대한 정보를 얻어 내려고 하고 있을 것이다.

'하지만 그 녀석이 섣불리 전화를 할 리 없단 말이지.'

이미 큰아버지의 기억을 통해 그뿐만이 아니라 가족 모두가 설구강이 어디에 있는지 모른다는 사실을 알고 있었다.

"돈이라……."

문득 스치는 생각에, 노형진은 무의식중에 손톱을 깨물었다.

"뭔가 알 것 같나?"

"그냥 추측입니다."

"어차피 다 추측이네. 한번 말해 보게."

"과연 돈은 어디서 구할까요?"

"응?"

"사실상 전 나라가 그를 추적하는 상황입니다. 카드는 당연히 못 쓰고, 핸드폰도 못 씁니다. 하지만 먹고 마시고 자는 것은 해야 하지요. 더군다나 자기네 조직에서 추적할 테니 자기 연고지에는 접근도 못 할 테구요."

"그거야 그렇지."

"그러면 그 돈은 어디서 얻을까요?"

"돈이라……."

"빌리는 것은 무리 아닐까 생각합니다만."

아마도 지금쯤이면 친구라고 할 수 있는 녀석들에게 모조리 감시가 붙었을 것이다. 그 친구가 그 조직원일 수도 있으니까.

"모아 둔 돈이 있지 않을까?"

"보통 모아 둔 돈은 은행에 넣어 두지요. 그런데 은행은 감시 중이고요."

"흠……."

결국 설구강이 돈을 구할 곳은 없다는 소리다.

계좌 이체를 하든 뭐를 하든, 은행을 통해 해야 하니까.

"노가다?"

"아닐 겁니다. 그 녀석은 육체노동을 할 타입이 아니에요. 설사 한다고 해도, 요즘은 거기에도 다 주민번호나 기록을 올려야 합니다."

"그러면 어디서 돈을 구하지?"

기록에 남지 않게 돈을 구해야 한다고 생각하자 의외로 방법이 많지 않았다.

"한국에서 돈에 대한 기록 없이 구하는 게 쉬운 게 아니기는 하지."

김성식도 이해가 간다는 듯 말했다.

수많은 도주범들이 잡히는 이유 중 하나가 바로 돈 때문이다. 어떻게 해서든 먹고살기 위해 돈을 꺼내는 순간 위치가 드러나는 것이다.

자기 딴에는 돈을 꺼내고 바로 그곳에서 튀면 된다고 생각할지 모르지만, 경찰의 반응은 생각보다 빠르다. 멀리서 오는 게 아니라 가장 가까운 경찰이 오는 것이니까.

"강원랜드!"

"응?"

그 순간 손채림이 뭔가 생각난 듯 소리쳤다.

"강원랜드?"

"그래, 강원랜드."

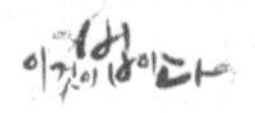

"설마 거기서 도박이라도 해서 돈을 딸 거라고 생각하는 거야? 그거 다 기록에 남을걸."

"그게 아니라, 강원랜드에 가면 전당포 엄청나게 많잖아! 거기서 차 잡아 주지 않아?"

"아! 차량!"

설구강이 사라진 지 아직 그리 오래되지 않았다.

만약 전당포에 차를 맡겼다면 전산상에 기록도 남지 않고, 못해도 몇백만 원의 돈을 수중에 넣을 수 있다.

"그 정도면 당분간의 도피 자금으로는 충분하지."

김성식도 바로 이해했다.

가끔 돈이 없는 도피자들이 전당포를 이용하기도 했다는 것이 이제야 생각난 것이다.

"강원랜드까지는 가지 않았을 거야. 가는 동안에 카메라도 많고 고속도로도 통과해야 하니."

"그러면 우리야 좋지."

전국에 남은 전당포, 특히 차량을 잡아 주는 전당포는 그다지 많지 않다. 그리고 그걸 찾을 수만 있다면 설구강을 찾을 수 있을 것이다.

"어쩌면 행운의 여신이 우리에게 기회를 줄지도 모르겠군."

김성식도 어쩌면 생각보다 쉽게 서류를 확보할 수 있을지도 모른다 싶었다.

"빨리 움직이죠. 다른 사람들이 전당포를 털기 시작하면 우리가 곤란해지니까요."

지금은 시간이 어느 때보다 중요한 시점이었기 때문에 다들 다급하게 뛰기 시작했다.

절대 반지

"찾았습니다."

얼마 뒤 정보 팀이 드디어 성공했다는 소식에 다들 얼굴에 화색이 돌았다.

"화성에 있는 주차장에 있다고 하더군요."

"화성?"

"적당한 거리군요."

화성은 규모에 비해 발달도 덜 되어 있고 경찰도 없다. 그리고 서울에서 가깝고, 또 이방인들도 많은 곳이다.

"직접 발로 뛰느라고 고생했습니다."

"고생은요."

고문학은 다행이라는 듯 웃었다.

전당포에 전화해서 물어봐 봤자 그들이 특정 차량의 보유 여부를 알려 주지는 않는다. 경찰에서 전화해도 안 알려 주는데 변호사 사무실에서 전화한다고 알려 줄 리 없다.

그런데 다행히도 그런 전당포들이 그렇게 저당 잡은 차량을 두는 공간이 정해져 있기 때문에 정보 팀이 그런 곳을 찾아 직접 뛰어다닌 끝에 해당 차량을 찾은 것이다.

"어디 멀리 갔을까?"

"글쎄…… 현장에 가 봐야지."

일단 차를 맡기고 다른 대중교통을 타고 멀리 갈 수도 있다. 터미널이나 그런 곳은 감시하고 있겠지만 시내버스는 감시할 수가 없으니까.

힘들더라도 시내버스만 타면서 다른 곳으로 가면 추적은 불가능하다.

'하지만 기억을 읽을 수만 있다면…….'

노형진이 차량을 찾으려고 한 것은 기억 때문이다.

설구강이 아무리 생각이 없어도 대책도 없이 무작정 차를 맡기지는 않았을 것이다. 당연히 그 안에서 대략적인 구상을 했을 테니 그 기억을 읽으면 어디로 갈 건지 알아낼 수 있다.

'운이 좋다면…….'

그를 찾아갈 필요도 없이 정보가 있는 곳을 알 수 있을지도 모른다.

"바로 가자고."

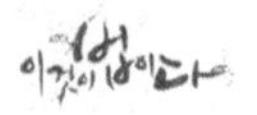

노형진은 손채림을 데리고 화성의 주차장으로 향했고, 얼마 지나지 않아서 노상 주차장에서 뽀얀 먼지를 뒤집어쓰고 있는 차 한 대를 찾을 수 있었다.

"이겁니까?"

"네."

"이 안을 볼 수 있으면 좋은데."

애석하게도 키를 가지고 있는 전당포에서 그걸 줄 생각이 없기 때문에 안으로 들어가 볼 수는 없었다.

"그거야 뭐 어렵지 않지요."

"네?"

고문학이 씩 웃으면서 뭔가를 꺼내서 차량으로 가더니, 잠시 후 '철컥' 소리와 함께 차 문이 열렸다.

"헐? 고 팀장님, 그런 것도 해요?"

"정보 팀이 달리 정보 팀이 아니지요, 하하하."

노형진은 어이가 없어하는 손채림을 그대로 두고 차 안으로 들어갔다.

이제 슬슬 더워지는 날씨 때문에 순간 질식할 것 같은 더위가 훅 몰려왔지만 그래도 그냥 나갈 수는 없었다.

"뭐 좀 있어?"

"마땅한 게 없네."

혹시나 하는 마음에 이것저것 찾아봤지만 나오는 것은 없었다.

'결국 기억을 읽어야 하나?'

이렇게 더운 곳은 집중하기가 쉽지 않아서 가능하면 다른 증거가 있기를 바랐는데 없었기 때문에 노형진은 어쩔 수 없이 운전석에 손을 대고 기억을 읽기 시작했다.

'어디냐…… 어디냐…….'

기억을 읽기 시작하자 나타나는 수많은 생각들.

애석하게도 그 서류가 있는 곳에 대한 정보는 없었다.

하지만 한 가지 생각이 그의 머릿속에서 떠나지 않고 있었다.

그리고 그것만으로도 충분했기 때문에 노형진은 찜통 같은 차량에서 기어 나왔다.

"어디로 간 건지 찾았어?"

"정확하게는 아니지만 대충 알 것 같아."

"대충이라니? 뭐 증거라도 찾은 거야?"

"응. 안내서가 있더라고."

"안내서?"

"그래."

물론 안내서 같은 것은 없었지만, 기억을 읽을 수 있다는 사실을 말할 수는 없었던 노형진은 대충 둘러댔다.

"무슨 안내서?"

"관광단지 안내서."

"그런데?"

"거기 템플 스테이 관련 부분에 동그라미가 그려져 있었어."

"템플 스테이? 좋은 생각이네."

템플 스테이는 절에서 숙식하면서 생활하는 것이다.

하지만 다른 사업과 다르게 정부에 기록이 남지도 않고, 경내에 경찰이 들어오지도 않는다. 경찰이나 공권력은 기본적으로 종교와 거리를 두려고 해서 종교 시설에는 잘 들어가려 하지 않기 때문이다.

그래서 가끔 시국 선언을 하거나 정치적으로 탄압받던 사람들이 성당이나 절 같은 곳에 몸을 피하곤 하는 것이다.

"경찰은 거기까지는 안 뒤질 테니까."

"그렇지."

더군다나 산이라서 감시할 만할 게 없다. 그러니 사람들의 눈을 피하기에는 충분한 공간이다.

"바로 가자."

노형진은 드디어 그를 잡을 수 있다는 생각에 재빠르게 그곳으로 움직이기 시작했다.

⚖

"꼬리가 붙었습니다."

"네?"

운전을 하던 고문학이 갑자기 백미러를 힐끔 보더니 심각한 얼굴로 말했다.

"꼬리라니요?"
"낯선 차량이 따라오는군요. 한 대가 아니라 세 대입니다."
"세 대?"
"네."
"우리 차량은 아니죠?"
"우리 차량은 아닙니다. 집결 장소까지 가려면 아직 좀 남았습니다."
"크."
노형진은 절로 얼굴이 일그러졌다.
"꼬리라니?"
"당했다."
"무슨 소리야?"
"우리도 감시하고 있었던 게 틀림없어."
"뭐?"
"젠장."
그걸 노리는 자들이 직접 찾지 못하자 다른 쪽을 뒤지기 시작한 것이다.
"그런데 우리는 그거랑 직접적인 연관이 없잖아?"
"하지만 최소한 관련이 있는 사람들과 접촉하기는 했지."
"고작?"
"고작이 아니야."
일단 국정원에서 감시하기 시작하면 아주 치밀하게 이루

어진다.

어떤 경우는 자주 가던 슈퍼마켓의 주인이 알고 보니 국정원 요원이라고 하는 식으로, 가끔은 막무가내식으로 감시하기도 한다.

"그런데 아까는 몰랐잖아?"

"아까는 몰랐지. 하지만 우리가 차를 찾았잖아."

"아!"

그동안 자기들은 아무것도 찾아내지 못했는데 노형진 일행이 차를 찾아냈다. 그러니 어떤 정보를 이쪽에서 얻어 냈다고 의심할 수도 있다.

"난 그놈이 그놈 같은데."

손채림은 고개를 돌려서 확인했다.

하지만 수많은 차량들이 있어서 꼬리가 붙었다는 것을 도무지 이해할 수가 없었다.

"일종의 규칙이 있거든요."

"일종의 규칙?"

"네. 차량으로 미행할 때는 몇 대 이상의 거리를 두고, 또 신호에 걸리면 어떻게 하는가 등등의 것들 말입니다."

고문학은 그런 미행의 전문가다. 그러니 자신들을 따라오는 차량을 바로 알아본 것이다.

"그놈이 그놈 같은데요?"

"그렇지 않습니다. 가령 어디를 가는데 같은 종류의 차량이 계속 같은 자리에서 따라오면 미행인 거죠.”

“같은 종류요?”

“네. 각 기관은 차량을 살 때 대량으로 구매하기 때문에, 번호는 바뀌어도 차량은 똑같거든요.”

가령 1호 차와 2호 차, 3호 차가 계속 교대로 따라온다고 해도 한국은 한 종류의 차를 업무용으로 대량 구매하는 형태이기 때문에 차량 번호만 다르지 똑같은 차인 경우가 많다.

“승용차 두 대와 SUV 한 대입니다.”

“경찰과 검찰 그리고 국정원이겠군.”

“아마도요.”

경찰과 검찰은 승용차를, 국정원은 SUV를 선호한다. 그리고 일반적인 정치인들이 그런 동원력을 가지기는 힘들다.

“어쩌지? 전화해야 하나?”

안절부절못하면서 전화기를 드는 손채림.

그러나 노형진은 그걸 다시 그녀의 주머니로 밀어 넣었다.

“지금 상황에서는 도청의 가능성도 염두에 둬야 해.”

“도청?”

“그래.”

“설마…….”

“설마가 아니야. 그 서류는 미래의 대통령도 바꿀 수 있을 정도의 파괴력을 가지고 있어. 알잖아?”

“…….”

청계가 활동한 시간 그리고 그동안 성장한 수많은 정치인들과 경제인들을 생각하면 그럴 수도 있다.

그걸 쥐고 있는 자에게 그들은 전폭적인 지지를 할 수밖에 없고, 그 말은 그가 대통령이 될 수도 있다는 소리다.

"아니, 장소를 알면 거길 가든가, 왜 우리를 따라와!"

"모르니까."

"네가 템플 스테이인 걸 알아냈다면서?"

'그러니까 모르지.'

자신은 기억을 읽어서 찾아낸 것이다. 그러니 저들이 아무리 차를 뒤져 봐야 어디로 갔는지 알 수 있을 리 없다.

"관련 증거는 이미 사라졌어."

"어디로?"

"내 배 속으로."

"너, 그 상황에서 별걸 다 입으로 욱여넣었구나?"

"농담은 그만하자고."

노형진은 슬쩍 고개를 돌렸다가 다시 앞을 바라보았다.

"방향을 돌리죠. 강화도 쪽으로 빠집시다. 이대로는 안내해 주는 꼴밖에 안 되니까."

"하지만 임시방편일 텐데요?"

이 차량은 아니더라도 새론의 차량은 모조리 감시하고 있을 가능성도 있다.

"새론에는 아까 집결지만 말해 뒀으니 어디가 목표인지는 잘 모를 겁니다."

"그래도 쉽게 떨어질 것 같지는 않은데요."

"그렇겠지요."

분명히 저들은 자신들이 하는 대로 할 것이다. 그리고 절대로 떨어질 리 없다.

"들이받아 버릴 수도 없고……."

고문학은 짜증스럽게 말했다.

떨쳐 낼 수도, 공격할 수도 없다. 그렇다고 어디론가 연락할 수도 없다.

"연락은 이걸로 가능하지 않을까?"

"아! 메신저!"

노형진은 그걸 보고 얼굴이 환해졌다.

다행히 손채림의 핸드폰은 수입 폰이었는데, 거기에는 얼마 전에 개발된 핸드폰 메신저가 깔려 있었다.

'아직은 감청 시스템이 없을 테니까.'

메신저가 개발된 지 몇 달이 되지 않은 데다가 한국 사람들이 사용하는 국산 폰에 대응하는 프로그램이 아직 없기 때문에 감청 시스템이 있을 리 없다.

게다가 설사 있다고 해도 그걸 감청하기 위해서는 어마어마한 장비가 필요하다.

그래서 미래에도 감청보다는 차라리 회사를 통해 얻어 내는 것을 더 선호했다.

"그런데 그 폰을 쓰는 사람이 있어?"
"회사에 몇 명."
"다행이네. 그걸 통해 중계해 줘."
"응."
손채림은 바로 그들에게 연락하기 시작했고, 노형진은 그 사이 상황을 정리할 방법을 찾으려고 노력했다.
'떨쳐 내라고 해 볼까? 아니야. 고문학 팀장님도 전문가이기는 하지만 저쪽도 만만치 않아. 설사 떨쳐 낸다고 해도 저쪽은 중앙 센터의 지원을 받을 거야. 그러니…….'
잠깐이야 떨어지겠지만 카메라로 자신들을 감시하는 저들을 끝까지 떨어트릴 수는 없을 게 뻔했다.
'그렇다면…….'
노형진은 그들을 떨구는 것을 포기했다.
'그렇다면 차라리 끌고 간다.'
노형진은 그들의 허점을 노리기로 했다.
그들은 자신을 따라올 것이다. 그러니 그걸 이용하기로 한 것이다.
"선착장으로 가지요."
"네? 선착장요?"
"네."
"아니, 거기는 가 봐야 의미가 없을 텐데요?"
"일단 선착장으로 가시면 됩니다. 거기서 우리는 배를 타고 섬으로 들어가겠습니다."

"네? 하지만 저들은요?"

"우리를 따라오겠지요. 고문학 팀장님은 바로 돌아가시면 됩니다. 우리도 메신저로 연락하겠지만 혹시 모르니……."

노형진이 작전을 설명하자 고문학은 좋은 생각이라면서 고개를 끄덕거렸다.

"그러면 행운을 빕니다."

고문학은 노형진과 손채림을 선착장에 내려 주고 돌아갔다.

노형진은 바로 안으로 들어가서 섬으로 들어가는 배를 찾기 시작했다.

"이건 늦네. 이따가 5시 20분 배. 두 시간 거리고. 오늘은 나오는 배가 없고 내일 아침 10시에 한 개 있고."

"뭐야, 너 나랑 섬에 가서 역사라도 만들어 보려고?"

"그러고 싶은데?"

"웃겨, 정말."

손채림은 뒤에 있는 사람들을 애써 무시하기 위해 과도하게 오버하기는 했지만 다행히 걸리지는 않았다.

"일단 섬에 들어가 보면 마음이 바뀔걸."

노형진은 그렇게 말하면서 표를 끊었다.

그리고 잠시 후 도착한 배에 올라탔을 때 그는 자신을 따라 타는 수많은 남자들을 보면서 혀를 끌끌 찼다.

'아예 이제는 감출 생각도 안 하는구먼.'

애초에 감출 수 있는 여건이 안 되니 대부분 드러내고 타 버렸다. 배는 작고, 이 이후에는 내일 아침에나 배가 있다. 그러니 이걸 탈 수밖에 없는 것이다.

"오늘따라 왜 이렇게 사람이 많지?"

심지어 직원조차 고개를 갸웃했고, 그렇게 두 시간 동안 어색한 공존이 선실에서 이루어졌다.

'우아…… 돌아 버리겠네.'

자신을 뚫어져라 바라보는 사람들의 시선에 손채림은 손이 부들부들 떨릴 지경이었다. 이런 경험을 해 본 적이 없기 때문이다.

"진정해."

"이런 게 추격전인가?"

"약간은 다르지 싶은데?"

"아니, 보통 변호사들이 이런 것도 하나?"

"우리가 좀 특이하지 싶은데?"

노형진은 그렇게 말하면서 슬쩍 남자들을 바라보았다.

그들은 아예 시선도 피하지 않았다.

'어차피 걸릴 거 다 걸렸다 이건가?'

쓴웃음이 나는 노형진이었다.

그들은 그가 자신들을 인도하고 있다고 생각할 것이 뻔했다.

"조금만 기다려. 금방 도착하니까."

두 시간 거리라고 하지만 잔뜩 긴장해서 그런지 엄청나게 멀게 느껴졌다.

그렇게 시간은 흘러서 결국 선착장에 도착하자 노형진은 그곳에서 내려서 기다리고 있던 경운기에 다가갔다.

"아저씨, 혹시 산마루 캠핑장 어딘지 아세요?"

"거기 좀 먼데?"

"네? 진짜요?"

"그래, 여기서 한 시간 반쯤 걸리지. 태워다 줄까?"

"그래 주실래요?"

"공짜는 아니고."

사람 좋은 미소를 짓는 남자.

"얼만데요?"

"한 사람당 2만 원씩 4만 원."

"하는 수 없죠. 야, 타. 이거 타고 가자."

"한 시간 반이나 타야 한다고?"

"그래."

"끄응…… 엉덩이 아프겠구먼."

"그래서 저기에 방석도 있잖아."

노형진은 빙긋 웃으면서 먼저 올라가서 손채림의 손을 잡아 줬고, 손채림은 그의 손을 잡고 마치 마차에 타는 것처럼 바퀴를 밟고 올라가서 방석에 앉았다.

"출발."

"다른 사람은 없어?"

"없어요. 안 가시면 우린 내리고요."
"흠."
잠깐 뒤를 본 남자는 어쩔 수 없다는 듯 경운기를 출발시켰다. 그러자 따라오던 사람들은 당황한 모습으로 끼리끼리 흩어져서 경운기를 구하기 시작했다.
당연히 이쪽이 훨씬 먼저 출발했기 때문에 그들은 금세 뒤로 사라져 버렸다.
"자, 그럼 아저씨."
"응?"
"구라 치지 말고 바로 가죠."
"무슨 소리야?"
"여기서 10분도 안 걸리는 거 알아요."
"아니, 무슨 소리야? 경운기로 한 시간 반이나 가야 하는데."
"그건 해안 도로를 따라갈 때의 이야기죠. 저 고개 너머 농사용 소로로 질러서 가면 걸어도 10분인 거 압니다."
순간 어쩔 줄 몰라 하는 얼굴이 되는 남자.
아까 전의 순박했던 미소는 어느 사이엔가 사라지고 없었다.
"아, 화내는 거 아닙니다. 돈은 드릴게요. 다만 소로 따라서 가면 됩니다."
"어…… 진짜로?"
"네, 4만 원이 아니라 5만 원 드릴 테니 그곳으로 가 주세요."
"그러면 뭐……."

그는 다음 소로가 나오자 바로 방향을 돌렸고, 진짜로 채 5분도 가기도 전에 탁 트인 야영지가 나타났다.

"헐, 뭐야? 사기 친 거야?"

"그런 거지."

노형진이 돈을 주자 잽싸게 받아 가는 아저씨.

노형진은 그걸 보고는 피식 웃었다.

"이 지역에 놀러 오는 사람들은 여길 잘 모르니까."

그런 사람들에게 가는 곳이 멀다면서 돈을 받고 태워 주는 것이다.

하지만 실상 그들은 돌고 돌아서 가는 것일 뿐, 대부분의 장소는 아주 가까운 곳에 있다.

"넌 그걸 어떻게 안 거야?"

"한번 당했어."

"헐."

이 시대에는 아직 '로드뷰'라는 것이 없다. 그러니 현장 지도를 정확하게 알고 갈 수가 없으니 이런 사기에 당하는 것이다.

"기다리고 있었네."

노형진이 손채림과 야영장으로 다가가자 헬기 한 대와 함께 송정한이 기다리고 있었다.

"금방 구하셨네요?"

"뭐, 헬기야 돈만 있으면 구할 수 있지. 자네가 낸다는데

나도 이참에 헬기 한번 타 보지, 뭐. 후후후."

그는 노형진의 요청으로 여기에 헬기를 타고 온 다음 노형진이 올 때까지 기다리고 있었던 것이다.

"자, 출발하죠."

노형진은 손채림을 헬기에 태운 후 자신도 올라탔다.

"우리를 따라온 사람들은?"

"그 사람들이야 뭐 한 시간 반 동안 엉덩이 좀 아프게 돌아서 돌아서 와야겠지."

그리고 그때쯤이면 자신들은 이미 목적지에 도착했을 것이다.

"아마 내일이나 나올 수 있을 테니 속 좀 썩을걸, 후후후."

노형진은 웃으면서 문을 닫았고, 헬기는 푸른 하늘로 날아올랐다.

⚖

"난 몰라요!"

노형진의 헬기가 템플 스테이를 하는 절에 내렸을 때는 이미 경호 팀이 뭉쳐서 설구강을 잡고 있었다.

"모르기는 뭘 몰라!"

"진짜 모른다니까요. 그런 게 있다는 소리는 처음 들었다고요!"

딱 잡아떼는 그를 보면서 다들 화가 난 얼굴이었지만, 그 중에서 가장 화가 난 사람은 스님이었다.

"지금 뭐 하는 겁니까!"

건장한 사람들이 와서 다짜고짜 자기 손님을 겁박하고 있으니 화가 안 날 리 없다.

"당장 멈추지 않으면 경찰을 부르겠습니다!"

'그건 좀 곤란한데.'

노형진은 좀 곤란했다.

만일 경찰에 신고하면 경찰이 설구강을 냉큼 채 갈 게 뻔하기 때문이다.

'일단 시간을 좀 끌어야겠군.'

노형진은 스님에게 다가가서 그의 손을 잡았다.

"스님, 저희가 나쁜 뜻이 있어서 이러는 게 아닙니다. 다만 필요한 게 있어서 그럽니다."

"필요한 게 뭔지는 모르겠으나, 사람을 겁박하는 게 잘못이라는 것은 압니다!"

"저희도 압니다. 하지만 상황이 다급하여……."

"그건 경찰에 말하세요!"

다짜고짜 핸드폰을 꺼내 드는 스님.

'이거 안 되겠구나.'

가능하면 사람들이 있는 곳에서는 자신의 능력을 쓰고 싶지 않은 노형진이었지만 아무래도 방법이 없어 보였다. 스님을 때려눕힐 수는 없지 않은가?

"자, 자! 진정하시고. 그러면 사람을 물리겠습니다. 다만 저분과 함께 잠깐 기도하고 가겠습니다."

"기도?"

"네."

"아니, 기도한다면서 무슨 짓거리를 하려는 거요!"

"짓거리라니요! 그럴 리가요. 그냥 기도만 할 겁니다. 스님이 계신 곳에서 할 테니 걱정하지 않으셔도 됩니다."

"음……."

그렇게까지 말하자 스님도 일단은 핸드폰을 집어넣었고, 노형진은 바로 경호 팀을 뒤로 물러나게 했다.

"자, 형제님."

형제님이라고 하자 스님의 기분이 살짝 상한 듯했다.

다른 곳도 아닌 절에서 다른 종교의 기도를 한다고 생각했기 때문이다. 그러나 딱 거기까지일 뿐, 막지는 않았다.

"우리 함께 기도합시다."

노형진은 설구강의 손을 꼭 잡고 그를 자기 쪽으로 끌어당겼다. 그리고 그의 귀에 대고 조용히 중얼거렸다.

"그래서 서류는?"

"무슨 서류? 난 모른다고!"

"청계의 설계를 받은 자들에 대한 서류 말이야. 그거 어디에 있지?"

"난 몰라."

"몰라?"

노형진은 피식 웃었다.

모른다고 하는 입과 다르게 그의 머릿속에서는 이미 관련 정보가 떠오르고 있었기 때문이다.

"형님들이 네놈을 죽이려고 하는 거 알지?"

"무…… 무슨 소리야?"

"무슨 소리기는. 말 그대로지. 네놈 덕분에 조직이 추적당하고 있는 거, 모르지는 않을 텐데?"

사색이 된 설구강.

"왜 쓸데없는 욕심을 부려서 일을 키워?"

"나…… 난……."

"서류는?"

"몰라!"

"그래? 광주에 둔 거 내가 모를까 봐?"

광주에 있다는 흐릿한 기억.

그걸 정곡으로 찌르자 확연하게 떠오르는 기억.

"난 몰라! 광주인지 대구인지 부산인지, 알 게 뭐야!"

"뭐 그렇게 말한다면야."

노형진은 손을 놓고 뒤로 물러났다.

"스님, 저희는 이만 가 보겠습니다."

"끝이오?"

"네, 설마 저희가 무식하게 사람을 패거나 하겠습니까?"

노형진이 실실 웃으면서 말하자 스님은 불편한 기색을 보였지만 더 이상 말하지는 않았다.

실제로 패지는 않았으니까. 다만 겁만 좀 줬을 뿐.

"저희는 이만 가 보겠습니다."

노형진은 그곳을 떠났고, 그 뒤에는 잔뜩 불편한 표정의 스님과 당황한 얼굴의 설구강만 남아 있었다.

"어딘지 알아냈나?"

"네. 광주에 있더군요."

"전라도?"

"경기도요."

"생각보다 가깝군."

"그러니 바로 움직이면 될 거라고 생각합니다. 지키는 놈들은 없더군요."

"뭐? 그게 어떤 물건인데 그런 것도 없어?"

노형진은 피식하고 웃었다.

"위치가 위치니까요."

"위치?"

"네, 가 보시면 압니다."

노형진은 절을 나서다가 문득 뭔가 생각난 듯 절 입구에 있는 공중전화로 달려갔다. 그리고 어디론가 전화했다.

"여보세요. 아, 경찰이죠? 네, 여기서 수배된 사람을 본 것 같아서요. 여기가 어디냐면요……. 그, 누구냐? 설구강? 그 사람인 것 같아요. 네? 제가 누구냐고요? 그건 비밀입니다, 후후후."

노형진은 거기까지만 말하고 전화를 끊었다. 그러자 그걸 본 송정한은 기겁했다.

"자네, 뭐 하는 짓인가! 경찰을 부르다니!"

"그래야 하거든요."

"뭐?"

"지금 경찰이 여기에 대해 엄청나게 신경 쓰고 있을 거예요. 검찰은 물론이고, 아마 국정원도 마찬가지일 테고요."

"그런데 왜 전화하느냔 말일세! 그 녀석들이 금방 들이닥칠 텐데?"

"그게 목적입니다."

"뭐라고?"

"만일 여기서 서로 만난다면 무슨 일이 벌어질까요?"

"그거야…… 허허허."

분명히 설구강을 서로 데리고 가기 위해 싸우게 될 것이다. 그리고 그 싸움은 상당히 오래 걸릴 게 뻔했다.

"그 후에는 결국 무승부로 끝날 테죠."

그를 데리고 가는 자가 권력을 차지한다. 그러니 서로 절대로 주지 않으려고 할 테고, 남은 선택은 함께 그곳에 가서 해당 물건을 폐기하는 것밖에 없다.

"그러나 그들이 도착했을 때는 이미 물건이 없을 테니……."

"누군가 미리 알아서 빼돌린 거라 생각하겠군."

"네."

그렇게 되면 서로가 서로를 의심하면서 심각하게 대립할 것이다.

"이거야 원, 아무도 안 지키는 삼권분립을 자네가 지키게 만드는구먼."

애초에 세 집단은 서로 견제하도록 되어 있다. 그런데 전혀 그러지 않는 것이 현실.

"뭐, 가끔은 법대로 세상이 굴러가는 것도 재미있는 거 아니겠습니까?"

노형진은 헬기에 올라타면서 키득거렸다.

⚖

"이건가?"

"네."

"아무도 지키지 않는 이유를 알겠군. 누가 여기를 지킬 생각을 하겠는가?"

광주에 있는 어느 실내 납골당.

그 안에 들어 있는 납골함을 열자 몇 개의 작은 USB가 나왔다.

"엄청나군."

김성식은 그걸 보면서 중얼거렸다.

그럴 수밖에 없는 게, 전자 형태로 보관하는 것은 용량이 그다지 많이 필요하지 않다. 그런데도 족히 열 개가 넘는 USB가 나왔다는 것은, 그만큼 범죄를 설계한 사람도, 증거도 많다는 뜻이기 때문이다.

"누구도 남의 납골묘를 열어 보지는 않을 테니."

거기에다가 그들은 그 안에 밀가루와 재를 섞어 회색으로 만들어서 적당히 무게도 채웠다. 그리고 비닐로 꽁꽁 묶어서 넣어 둔 것이다.

"이걸 없애야겠지."

송정한은 두려운 듯 말했다.

만일 이게 자신들에게 있다는 사실이 알려진다면 새론은 대한민국의 집중 공격을 받게 될 것이다.

"음……."

그에 반해 김성식은 안절부절못하고 있었다.

'그렇겠지.'

그는 중수부장이었고 중수부는 정치인을 조사하는 곳이었다. 그리고 이 안에 있는 증거들이면 못해도 정치인의 절반은 날려 버릴 수 있을 것이다.

"이건……."

하지만 노형진은 어느 쪽도 선택하지 않았다.

"제가 보관하겠습니다."

"뭐라고?"

"해외에 있는 제 금고에 보관하겠습니다. 그게 제일 안전할 테니까요."

"그걸 없애지 않겠다는 건가?"

"그걸 공개하지 않으려고?"

송정한과 김성식은 서로 반대되는 말을 하고는 움찔했다.

"양쪽 다 안 합니다."

"설마 자네, 그걸로 대한민국을 흔들고 싶은 건가?"

송정한은 설마 하는 표정으로 물었다.

설마 하기는 하지만, 저 안에 있는 정보라면 얼마든지 가능한 일일 것이다.

"아니요."

"그럼 자네는 그 인간들을 용서하겠다는 건가?"

"그것도 아닙니다."

"그럼?"

이것도 아니고 저것도 아니라는 말에 두 사람은 어리둥절했다.

"이건 고삐입니다."

"고삐?"

"네."

"무슨 고삐?"

"두 분 다 이 정보가 가지는 가치에 대해서는 잘 아실 겁니다. 그래서 두려운 것이고요."

두 사람 다 고개를 끄덕거렸다.

"문제는, 그래서 이걸 쓸 수가 없다는 겁니다."

"쓸 수가 없다?"

"네. 만일 이게 없어진다면 우리는 안전해집니다. 뒤에서 이걸 가지고 대한민국을 뒤흔드는 놈도 없겠지요. 하지만……."

노형진은 USB들을 물끄러미 바라보며 말했다.

"범죄자들은 도망갈 테지요, 영원히."

"으음……."

"반대로 공개한다면……."

"한다면?"

"이게 묻히지 않을 가능성이 얼마나 되리라고 생각하십니까?"

"……."

김성식은 아무런 말도 하지 못했다.

한두 명 정도면 모르지만 이게 다 공개된다면 정부에서는 무슨 짓을 해서라도 덮어 버릴 것이다. 그렇게 되면 제대로 된 처벌은 꿈도 못 꾸게 된다.

"지금 여기에 있는 자들은 권력을 가지고 있습니다. 이걸 공개해 봐야 실익이 없지요."

"그건 그렇겠군……."

"그래서 전 이걸 고삐로 쓸 생각입니다."

"고삐?"

"네. 가지고 있으면서, 쳐 낼 놈은 쳐 내고 브레이크를 걸 놈은 걸 겁니다. 적당히 반대파에 전달하는 것은 어려운 게 아니니까요."

오랜 시간 천천히 그렇게 한다면 그들은 처벌에서 도망가지도 못하고 사건을 덮지도 못한다. 사건을 덮고 싶어도, 반대파에서 그냥 두지 않을 테니까.

"〈반지의 제왕〉에서는 절대 반지를 화산에 녹여 버렸습니다. 이건 한국에서는 절대 반지지요."

맞는 말이다. 가장 추악한 권력의 도구이니까.

"하지만 전 이걸 제대로 써 볼 생각입니다. 도구가 잘못이 아니라 그걸 쓰는 사람이 잘못이니까요."

"설마…… 자네가 그걸로 권력을 잡을 생각은 아니겠지?"

노형진이 피식 웃었다.

"왜, 안 됩니까?"

"음……."

송정한은 잠깐 침묵을 지키다가 고개를 흔들었다.

"안 될 건 없지."

"절대 반지라……. 하긴, 절대 반지도 바른 사람의 손에 들어가면 세상을 구할 수 있을지도 모르겠군."

김성식도 진중하게 말했다.

"절대 반지니까요."

노형진은 봉투 안에 들어 있는 USB들을 보면서 중얼거렸다.

⚖

-오늘 새벽 3시경 광주에 있는 한 납골당에서 서른 명쯤 되는 남성들이 패싸움을 벌였다는 신고가 들어왔습니다. 경찰은 이들이 참배를 온 폭력단으로, 조직 계승 문제로 다툼을 벌이다가…….

손채림은 뉴스를 보다가 피식 웃었다.

"폭력단이란다."

"폭력단은 폭력단이지. 다만, 국가 공인 폭력단. 후후후."

안 봐도 상황이 뻔히 보였기 때문에 노형진은 키득거리면서 웃었다.

결국 정보를 폐기하기로 합의하고 다 함께 그곳에 갔는데 정작 물건이 없으니 서로 누가 빼돌렸네, 네가 빼돌렸네 하면서 싸우다가 패싸움이 난 것이다.

"총 안 쏜 게 다행이네."

"하하하."

계속되는 뉴스에 텔레비전을 꺼 버리는 손채림.

"그나저나 그건 어디에 있어?"

"비밀."

"아니, 왜? 나한테도 비밀이야?"

"응. 그건 비밀이야."
"너무하다. 어째서?"
"그거야……."
노형진은 그녀의 귀에 입술을 대고 작게 중얼거렸다.
"마이 프레셔스."
"히이익!"
그리고 그녀의 몸서리치는 비명이 사무실에 울려 퍼졌다.

다음 권으로 이어집니다

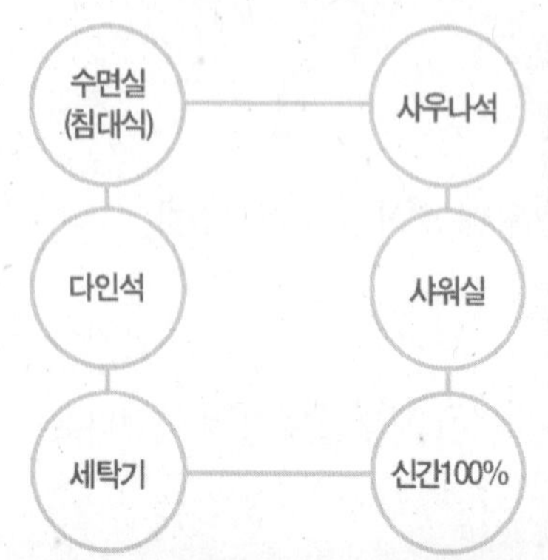
수면실
(침대식)
사우나석
다인석
샤워실
세탁기
신간100%

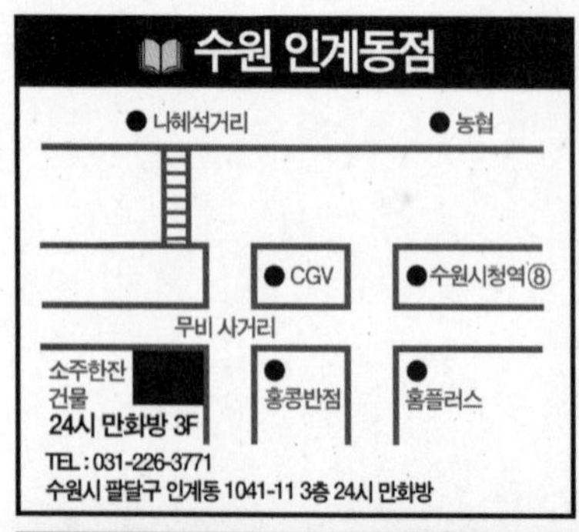
수원 인계동점
나혜석거리
농협
CGV
수원시청역⑧
무비 사거리
소주한잔
건물
홍콩반점
홈플러스
24시 만화방 3F
TEL : 031-226-3771
수원시 팔달구 인계동 1041-11 3층 24시 만화방

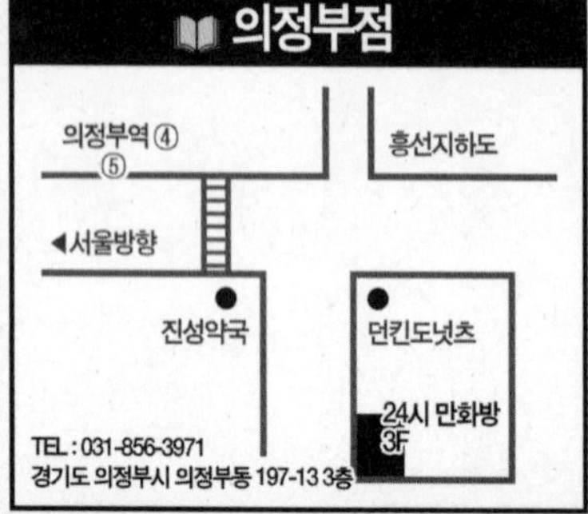
의정부점
의정부역 ④
⑤
흥선지하도
◀서울방향
진성약국
던킨도넛츠
24시 만화방
3F
TEL : 031-856-3971
경기도 의정부시 의정부동 197-13 3층

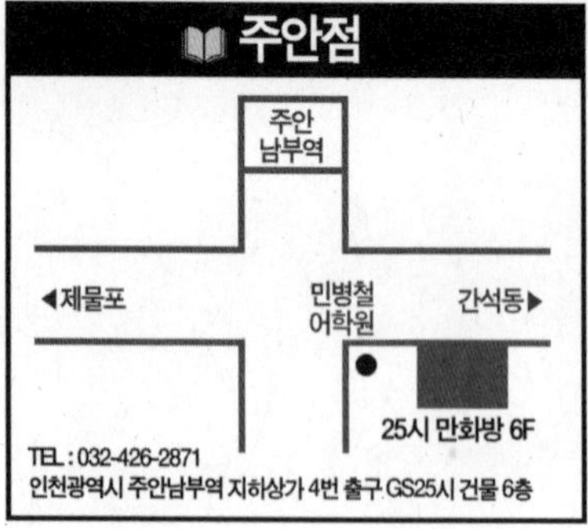
주안점
주안
남부역
◀제물포
민병철
어학원
간석동▶
25시 만화방 6F
TEL : 032-426-2871
인천광역시 주안남부역 지하상가 4번 출구 GS25시 건물 6층

안양점
안양역
육교
◀관악역
명학역▶
농협
24시 만화방
2F
안양일번가
TEL : 031-466-3771
경기도 안양시 안양동 674-163 조이당구장건물 2층

한산이가 현대 판타지 장편소설

ROK MODERN FANTASY STORY

플레밍, 슈바이처, 히포크라테스
그들보다 위대한 의사가 될 수 있다!

머리가 좋다. 공부도 좋아한다. 하지만……
메스만 쥐면 머릿속이 하얘지는 새가슴 레지던트 태석
올해도 안 되면 외과의 꿈은 포기해야 하는 신세
그런 그의 앞에 나타난 낯선 사내!

"자네는 탑을 오를 자격이 있어. 도전해 보게."
"대가는 없네. 기억을 잃는 정도?"

-보상으로 '침착 Lv. 1'이 주어집니다.

게임 스킬과 노력광이 만나
상상 속 모든 의술을 행하다!